나의 회상록 《메모리얼 드라이브》는 슬픔을 견디며 사는 것, 트라우마를 극복하고 살아남는 것, 엄마와 아이 사이의 불멸하는 사랑과 변치 않는 유대, 그리고 작가가 되는 것에 대한 책이다.

나타샤 트레스웨이

Natasha Trethewey

메모리얼 드라이브

Memorial Drive

나타샤 트레스웨이
박산호 옮김

메모리얼 드라이브
Memorial Drive

딸의 회상록

은행나무

나를 만든 여인들인

프랜시스 딕슨 잉그러햄,

레레타 딕슨 턴바우와

퀜덜린 앤 턴바우, 나의 어머니를 추모하며

차 례

I

II

과거는 내 안에서 두 번째 심장처럼 뛰고 있다.
-존 밴빌, 《바다》

모든 여행에는 여행자는 의식하지 못하는
은밀한 목적지가 있다.
-마르틴 부버

일러두기

1. 원문의 이텔릭체가 강조의 의미일 경우 고딕체로 표기했다.

2. 본문의 각주는 모두 옮긴이의 것이다.

I

[   ]

엄마가 돌아가시고 3주 후에 엄마 꿈을 꿨다. 우리는 바큇
자국이 깊이 팬 길을 걷고 있었다. 타원형의 길을 어깨가 닿
을 듯 가까이 서서 천천히 돌았다. 둘 다 아무 말도 하지 않
았다. 둘 다 무아지경에 빠져 있었다. 나는 엄마가 죽었다는
사실을 알고 있었는데도 어쩐지 마음이 편안했다. 마치 엄
마는 그저 다른 곳에 갔는데 내가 거기 가서 엄마를 만난 것
같은 느낌이었다. 주위 세상은 어두웠고, 그 어둠 속에서 이
제 한 남자가 나온다. 꿈에서도 나는 그가 한 짓을 알고 있
다. 그런데도 나는 미소를 지으며 손을 들어 그가 지나갈 때
인사한다. 그때 엄마가 내게로 돌아섰는데, 그 순간 그게 보
였다. 엄마의 이마 한가운데 있는 동전만 한 구멍이. 거기에
서 너무나 밝고 너무나 날카로운 빛이 비쳐서 태양을 정면
으로 볼 때 그렇듯 순간적으로 눈이 멀 것 같은 고통을 느꼈
다. 입을 연 엄마의 얼굴은 보이지 않고 그저 빛만 보였다.
"절대 치유되지 않는 상처가 있다는 게 무슨 뜻인지 아니?"
나는 이 질문에 대답해선 안 된다는 걸 알고 있었다. 그래서
우리는 좀 전에 그랬던 것처럼 그 길을 계속 돌았다.

프롤로그

범죄 현장에서 찍힌 사진을 제외하면, 엄마를 생각했을 때 떠오르는 마지막 모습은 엄마가 죽기 불과 몇 달 전에 정식으로 찍은 사진이다. 엄마는 솜씨는 좋지만 별 개성은 없는 사진으로 유명한 한 대중적인 스튜디오에 앉아 있었다. 손가락 인형으로 웃게 만든 아이들, 서로 어울리는 색의 크리스마스 스웨터를 입고 계단에 한 칸씩 순서대로 앉아 있는 아이들의 사진. 모두 평범한 배경을 쓴 사진들. 가끔은 마치 깃털로 쓸어내린 것 같은 하늘색 배경이거나, 붉은색과 노란색 낙엽들이 울타리 주변에 흩어져 있는 가을 배경이거나. 진지한 분위기 혹은 격식을 갖춘 우아한 분위기를 풍겨야 하는 인물 사진에서는 단순한 검은색 배경을 쓰는 스튜디오.

엄마는 마흔 살이었다. 그 촬영을 하기 위해 엄마는 몸에 딱 달라붙는 검은색 긴팔 드레스를 입고, 목까지 높이 올라오는 칼라의 단추는 끌러놨다. 엄마는 카메라를 보고 있지 않았다. 엄마의 시선은 내 머리 바로 위쪽으로 보이는 먼 곳 어느 한 점에 고정돼 있었다. 그것 때문에 엄마의 표정은 항상 그랬듯 헤아리기 어려웠다. 엄마의 높고 우아한 이마, 매끄러운 데다 주름 한 줄 없었던 그 이마에선 아무것도 읽어낼 수 없었다. 엄마는 미소도 짓지 않아서 턱의 움푹 팬 부분이 평소보다 훨씬 더 두드러져 보였고, 가녀린 목 위의 턱선은 다소 각져 보였다. 엄마는 허리를 똑바로 세우고 앉아 있었지만 부자연스럽거나 불편해 보이진 않았다. 아마 엄마는 몇 년 후 그때를 돌아보며 이렇게 말할 작정이었을 것이다. "바로 그때 나의 새 인생이 시작됐지." 이게 바로 엄마가 하려던 일이란 생각이 갑자기 들었다. 엄마는 여기까지 버텨온 여자로서, 이제 앞날이 창창한 여자로 자신의 모습을 남기고 싶었을 것이다.

이 생각만 하면 항상 절망에 휩싸였기 때문에 나는 몇 년 동안 나 자신에게 다른 이야기들을 들려주는 편을 택했다. 그중 한 이야기에서 엄마는 자신이 곧 살해될 거라는 사실을 알고 있었다. 나는 그때 엄마가 직장에서 친해진 동료들 몇 명과 재미로 영매를 찾아갔던 걸 알고 있었다. 엄마는 내게 그 이야기를 해줬지만 거기서 무슨 이야기를 들었는지는 절대 말해주지 않았다. 그즈음에 엄마는 또 생명보험을 몇 개 들었다. 그래서 몇 년 동안 나는 엄마가 피할 수 없는 사태를 대비하면서, 생의 남은 몇 주 동안 자식들이 엄마가 세상을 떠난 후에도 살아갈 수 있도록 꼼꼼하게 준비해놓은 거라는 이야기를 자신에게 들려줬다.

사실, 그 영매가 엄마에게 뭐라고 말했다면 그건 아마도 엄마의 미래가 창창해 보인다는 이야기였을 것이다. 아마 연애 이야기를 했거나, 아니면 당시 군(郡) 정신건강센터에서 엄마가 새로 맡은 직위였던 인사부장직에 대해 희망적인 예측을 했을 것이다. 그때 그 생명보험들은 그저 그 자리에 따라오는 특혜 중 하나였을 거라는 사실도 나는 알고 있다. 엄마는 아마 새로 채용된 직원들을 위해 직장에서 새 보험을 들어주는 시기에 가입했을 것이다. 그렇다 해도, 엄마가 여러 가지 계획을 세웠고 앞으로 어떤 일이 닥칠 수 있는지 냉정하게 인식하고 있었다는 이야기는 날 위로해줬다. 그 대안은 차마 생각조차 할 수 없다. 죽음에서 도망쳤다고 간신히 믿었는데 또다시 죽음이 임박했다는 사실을 갑자기 깨닫는 그 끔찍한 순간을 엄마가 겪었다는 이야기는 상상조차 할 수 없었다. 아마 진실은 엄마의 희망과 현실적인 면 그 사이 어딘가에 있을 것이다.

이제 그 사진을 보면 전과는 다르게 보인다. 분위기가 어찌나 우울하던지. 마치 사진사는 평범한 스튜디오 사진이 아니라 예술 작품을 찍으려고 한 것처럼 보인다. 마치 그가 엄마 주위의 공간을 어둡게 처리해서 말하기 힘든 사실을 강조하려고 한 것처럼 보인다. 즉 어두운 과거는 이제 뒤로 밀려났고, 엄마의 시선이 향한 미래를 향해 엄마의 얼굴이 환히 밝혀진 것처럼 찍었다.

그런데도 거기엔 분명 그것 말고도 다른 것, 심지어 그때에도 비가 같은 분위기가 어려 있다. 엄마의 머리 바로 뒤 한쪽 구석에서 기이한 빛이 비쳤는데, 아마 사진사의 실수겠지만, 마치 거기에 문이 하나 열려서, 그곳을 통해 엄마가 곧 떠날 것 같은 분위기가 감돌고 있었다. 앞으로 무슨 일이 일어날지 다 알아버린 지금 그 사진을 보면, 사진사가 거기에 또 무슨 작업을 했는지 보인다. 사진사는 엄마를 이렇게 찍어놨다. 엄마의 얼굴만 제외하고 엄마가 입은 검은 드레스를 배경처럼 찍어서 엄마가 사실 그 어둠의 일부인 것처럼, 깊은 기억 속에서 나오는 것처럼 찍었다.

*

엄마가 세상을 떠난 지 거의 30년이 지난 후 처음으로 엄마가 살해된 곳으로 돌아갔다. 나는 열아홉 살이 된 후로 그곳에 가본 적이 없었다. 그때 나는 엄마의 아파트를 청소하고, 내가 가져갈 수 없거나 가져가지 않을 모든 물건을 처분했다. 집에 있는 모든 가구와 생활용품들, 엄마 옷, 엄마가 수집한 엄청난 음반들 모두. 그리고 엄마의 책 몇 권, 총알로 만든 묵직한 벨트 하나와 엄마가 사랑했던 식물인 디펜바키아 하나만 챙겼다. 유년기 내내 이 식물을 돌보고, 매주 먼지를 닦고 위쪽에 있는 잎에 분무기로 물을 뿌려주고 아래쪽에 시들어버린 잎들을 잘라내는 것이 내가 맡은 일이었다. 그걸 다룰 땐 조심해야 해. 엄마가 경고하곤 했다. 그건 사소한 경고였고, 그럴 필요도 없어 보였지만, 디펜바키아의 수액에는 독이 있다. 그 독은 잎과 잘라낸 줄기에서 스며 나온다. 이 식물은 '말을 못 하는 줄기'라고 부른다. 이 독 때문에 일시적으로 말을 할 수 없는 증상이 생기기 때문이다. 공포나 충격으로 인해, 또는 놀라운 일이 생겨서 말을 할 수 없게 됐을 때 우리는 말문이 막혔다라고 표현한다. 말 못 할 슬픔이란 말로 표현할 수 없는 슬픈 일이 생겼을 때 쓰는 표현이다. 나는 이 식물에 내재한 비유를 그때는 이해하지 못했다. 엄마와 나의 관계는 무엇이었을까? 엄마는 나에게 위험하다고 경고하면서 왜 내게 그걸 보살피는 일을 맡겼을까.

애틀랜타를 떠나면서 다시는 돌아오지 않겠다고 맹세했을 때, 나는 그 오랜 세월 쌓아왔던 모든 감정을 품고 떠났다. 내 과거에 대한 암묵적인 회피, 내 안에 뿌리내린 것처럼 깊게 묻혀 있는 침묵과 자발적인 기억상실증 같은 감정들. 그때 나는 이 도시, 내가 아는 모든 방식으로 엄마의 기억을 존중하려고 애를 쓰는 한편으로 잊겠다고 굳게 다짐한 과거를 상기시키는 것들이 사방에 널려 있는 곳으로 다시 나를 끌어당길 일이 생기리라고는 예측하지 못했다. 사실 대학교수직을 수락한 후 직장 때문에 돌아왔을 때도 과거의 삶을 피할 수 있을 거로 생각하면서, 최소한 도저히 다시 볼 수 없는 그 한 곳이라도 피하려고 사력을 다했다. 반드시 거기에 가야 하는 일이 생기기 전까지는.

거기에 가려면, 나를 1985년으로 돌아가게 만드는 주요 지형지물들을 차로 지나쳐야 했다. 그 재판이 열렸던 지방법원, 시내 직장으로 출근하기 위해 엄마가 기차를 탔던 기차역, 285번 고속도로 교차로에 있는 디캘브 경찰서, 애틀랜타 외곽순환고속도로, 그리고 메모리얼 드라이브, 한때는 페어 스트리트라고 부른, 동서로 연결된 거대한 도로. 그 도로는 도시의 한가운데인 메모리얼에서 시작돼 시내에서 동쪽으로 구불구불하게 돌아가다가 스톤마운틴에서 끝난다. 그 산에는 미국에서 가장 큰 남군 연합 기념물이 있다. 남부의 백인 정신을 상징하는 영원한 비유와도 같은 스톤마운틴은 수몰된 거인의 머리처럼 땅속에서부터 우뚝 솟아 있고, 그 이마에 남부의 향수 어린 꿈인 영웅주의와 용맹함을 상징하는 스톤월 잭슨, 로버트 E. 리, 제퍼슨 데이비스의 거대한 얼굴들이 얕은 돋을새김으로 선명하게 새겨져 있다. 그 부조물의 토대에서 그리 멀지 않은 아파트에서 그 마지막 해에 우리가 살았다. 메모리얼 5400구역, 18-D번지에서.

그 아파트가 어디쯤 있는지, 거기까지 가는 길에 있는 주요 지형지물들을 다 잘 알고 있는데도, 처음에는 그냥 지나치는 바람에 나무들이 죽 늘어선 정문으로 들어가기 위해 다시 돌아와야 했다. 거기서 멀리 있는 스톤마운틴을 볼 수 있었다. 그 산은 마치 내게 여기서 기억되고 있는 것과 그렇지 못한 것을 일깨워주는 것처럼 메모리얼 지구 정상에 불쑥 나타났다.

내가 마지막으로 그 아파트 단지에 있었을 때, 엄마가

죽은 다음 날 아침 보도에 쓰러진 엄마의 시신을 따라 분필로 그렸다가 희미해진 윤곽, 아직도 문에 붙어 있던 노란 경찰 테이프, 총알—빗나간 총알—에 맞아 생긴 엄마의 침대 옆 벽에 있는 동그란 구멍을 볼 수 있었다. 오늘 내 눈에 비친 풍경에는 그 어떤 흔적도 보이지 않았지만, 모든 것이 그 상실의 흔적을 그대로 품고 있는 것 같았다. 녹슨 계단 난간과 방충망 때문에 그 허름한 건물은 더 낡아 보였고—우리가 이사 왔을 때는 10년밖에 안 된 건물이었는데—그 안에 있는 어두운 내력을 숨기려는 것처럼 벽은 전보다 더 밝은 색 페인트가 칠해져 있었다.

엄마의 침실이었던 방의 유리창 밑에 서서 나는 그 총알구멍을 생각했다. 우리 인생을 통째로 바꿔버린 그 사건의 흔적이 그토록 작다니. 그 구멍은 사건 직후에 속을 채우고 그 위에 페인트칠해서 수리됐을 것이다. 시간이 흐르면서 이 건물이 조금 더 내려앉은 건 아닌지, 벽들의 위치가 조금씩 틀어진 건 아닌지 궁금했다. 한번 덮은 못대가리가 집이 내려앉을 때 남기는 움푹 팬 흔적을 본 적이 있다. 마치 표면 바로 밑에 있는 상처가 벌어지는 것처럼 석고판에 작은 구멍이 나 있었다. 그것이 바로 나를 이곳으로 이끌었다. 숨겨지고, 위를 덮어버려서, 거의 지워진 흔적. 나는 이제 우리의 역사를, 엄마 인생의 비극적인 경로와 그 유산으로 인해 내 삶이 빚어진 방식을 이해할 필요가 있었다.

*

나는 머릿속에 엄마가 죽은 다음 날 아파트에 있던 내 모습을 간직하고 있다. 내가 아파트에 도착하자 지역 뉴스 방송국에서 그 모습을 촬영했다. 그래서 그 이미지는 그 짧은 순간을 담고 있을 뿐만 아니라, 내가 이번이 마지막이 될 것이라 생각하며 내 과거의 삶으로 들어가는 모습을 멀리서 관찰한 것이기도 하다. 그 영상에서 나는 계단을 올라가 문으로 가서 안으로 들어간 후 문을 닫는다. 지금 그 장면을 생각해보면 마치 볼륨을 음 소거로 해놓은 것처럼 아무 말도 들리지 않는다. 아마 기자가 우리 이름을 불렀을 것이다. 어쩌면 그 기자는 그러지 않고 대신 우리 엄마를 '피해자'로 불렀을지도 모른다. 내 마음의 눈에서 그 화면의 밑부분에 자막 하나가 뜬다. 그것은 나의 신원을 살해된 여성의 딸로 밝힌다. 심지어는 그때도 마치 내가 아닌 다른 사람을 지켜보고 있는 것 같은 느낌이 들었다. 생의 전환점에 서 있는 젊은 여성, 성년과 사별에 동시에 사로잡힌 여성.

내가 된 그 젊은 여성, 몇 시간 후에 그 아파트에서 나온 여성은 그 전에 들어간 그녀와 다른 사람이 됐다. 마치 그녀가 아직 거기 있는 것 같다. 소녀였던 내가 닫힌 문 뒤에, 그 영상이 끝난 곳에 갇혀 있는 것 같다. 나는 꿈에서 종종 그 문간을 본다. 다만 이제 나는 그 문지방을 넘어갈 수 있다.

당신은 어머니의 거울,
어머니는 당신에게서 자신이 가장 아름다웠던,
사랑스러운 4월의 시절을 떠올린다
-셰익스피어, '소네트 3'

1장

또 하나의 나라

내 허벅지 뒤쪽에는 커다란 점이 하나 있다. 그 점은 내 몸에 반세기 넘게 있었지만, 어느 쪽 다리에 그 검은 윤곽이 있는지 기억이 나지 않는다. 그래서 기억하기 위해 거울에 대고 내 몸 뒤쪽을 비춰봐야 한다. 그걸 보는 건 잊어버린 흉터와 대면하는 것과 비슷하다. 그것은 상처 입은 순간을 상기시키는 흔적과 같다. 그것은 내가 아주 어렸을 때, 주로 반바지를 입고 다녀서 점이 지금처럼 가려진 게 아니라 또 렷하게 보이던 미시시피의 길고 더운 날들을 떠올리게 해준다. 그 점은 손처럼 생기진 않았지만 손만 한 크기고, 엄마가 종종 시켰던 것처럼 손을 깔고 앉으면 손자국이 날 만한 바로 그 자리에 있다.

어느 문화건 아이가 세상에 태어나기도 전에 엄마가

남길 수 있는 흔적들에 대한 신화는 아주 많다. 엄마의 욕망이나 두려움이 아이의 몸에 나타날 수 있는 방식들 말이다. 예를 들어 엄마가 대단히 좋아하는 음식의 모양이나 색깔의 점들, 엄마가 머리를 쥐어뜯던 곳과 같은 위치에 난 흰머리 한 줌 같은 것들. 그런 음식에 대한 갈망을 없애기 위해 사람들은 진흙을 조금 먹으라고 한다. 머리를 쥐어뜯는 버릇을 바로잡기 위해 손을 엉덩이 밑에 깔고 앉으라고 시킨다. 우리 엄마가 이런 행동 중 하나라도 했다면, 내 몸에 있는 점이 나타내는 의미에 관한 이야기가 우리 집안에 전해졌을지도 모른다. 내 점에 대해 어른들이 동의한 유일한 건 그것이 지도에 있는 한 장소, 엄마가 가길 꿈꿨을지도 모르나 결코 가지 못한 어느 곳처럼 보인다는 것이었다. 나는 종종 엄마가 내가 태어나길 고대하면서 세상에 대한 희망으로 가득 차 있는 동시에 불안해하는 상상을 하곤 했다. 내가 태어난 시대와 장소가 특별했기 때문에 엄마의 마음속에서 아주 강력한 갈망이 형태를 갖춰가고 있었을 것이라고.

내가 태어난 1966년 봄, 엄마는 스물두 번째 생일을 몇 달 앞두고 있었다. 아빠는 그때 출장 중이었기 때문에 엄마는 할머니(엄마의 엄마) 집에서 걸프포트메모리얼 병원까지 계획대로 남편 없이 갔다. 엄마는 인종차별 정책에 따라 격리된 병동으로 가는 길에 어쩔 수 없이 그날의 분위기를 그대로 받아들이면서, 거리에 한 줄로 늘어선 남군 병사들의 깃발을 목격했다. 일반 시민들, 의원들, KKK[1] 회원들이 걸프포트와 미시시피주 전역의 작은 마을들에서 그 깃발을 휘두르고 있었다. 그해 4월 26일은 미시시피에서 남군 전몰자 추도일을 지정한 지 100주년이 되는 날이었다. 이 휴일은 과거의 남부와 이제는 실패한 대의와 백인 우월주의를 미화하는 날이었고, 이날의 열기는 또한 당시 약진하고 있던 흑인 민권운동에 반대한다는 주장을 과시하기 위한 것이기도 했다. 엄마는 그 특별한 날이 내 생일이라는 역설을 알아차리지 않을 수 없었다. 나는 미시시피와, 다른 스무 개정도 되는 주에서 여전히 불법으로 여겨졌던, 다른 인종 간의 결혼에서 태어난 아이니까.

'유색인종' 병동에 격리된 엄마는 이 나라가 변하고 있다는 사실을 알고 있었다. 다만 그 변화의 속도는 아주 느렸다. 엄마는 1965년 여름, 피의 일요일과 와츠 폭동, 미시시피에서 인종차별이 동기가 된 다년간의 살인 사건들이 발

---

1 사회 변화와 흑인에게 동등한 권리를 주는 것에 반대하며 폭력을 행사하는, 미국 남부 주들을 중심으로 활동하는 백인 비밀 단체.

생한 후에 스물한 살이 돼서 성년을 맞았다. 캐나다의 노바 스코샤 시골에서 사냥하고 낚시하면서 자유롭게 숲속을 배회하며 성장한 백인 소년이었던 나의 아빠와 달리, 엄마는 미국의 최남동부 지역에서 흑인으로 태어나 흑인차별 정책에 따라 자유가 제한된 세상에서 꼼짝 못 하고 살아왔다. 아빠는 위험하게 사는 인생의 가치와 모험의 필요성을 믿었지만, 엄마는 흑인들이 알아서 굽실거리면서 자신을 떠받들길 기대하는 백인들 앞에서 도무지 속내를 헤아릴 수 없는 가면을 써야 할 가식의 필요성을 목격하며 자랐다. 1955년 여름, 열한 살이었던 엄마는 그런 백인들의 기대에 반해서 인종적인 금기를 깨뜨린 미시시피의 흑인 아이에게 무슨 일이 일어날 수 있는지 목격했다. 우리 할머니가 구독한 잡지 〈제트〉에 구타당해 사망한 에밋 틸의 사진이 실렸다. 그의 얼굴은 곤죽이 돼 있었다.

엄마가 주위에서 일어나는 인종차별적 폭력과 점점 강해지는 급격한 변화의 기류를 무시하고 싶었다 해도 할머니가 그렇게 놔두지 않았을 것이다. 할머니 집에 있는 커피테이블 위에는 〈제트〉 최신 호가 놓여 있었고 그 옆에는 흑인 민권운동 현장을 찍은 다큐멘터리 사진집이 있었다. 거기에 흑인들이 린치를 당하는 장면들, 평화로운 시위 장면들, 그 어떤 시련에도 굴하지 않고 다시 일어서는 흑인들의 얼굴을 찍은 사진이 있었다. 그것은 인종차별이 점점 노골적으로 드러나고 있던 주에서 정의를 위해 싸워야 할 필요성을 끊임없이 일깨워주고 있었다. 엄마가 아빠를 만나기 1년 전 흑인 민권운동가인 메드가 에버스가 잭슨에 있는 자택 진입로에서 총에 맞아 목숨을 잃었다. 1963년 그해 우리 할머니는 공공 해변을 이용할 수 있는 권리를 거부당한 것에 항의하기 위해 빌럭시 해변에서 일단의 흑인 시민들과 함께 시위에 참여했다. 에버스를 애도하기 위해 시위자들은 모래 속에 수백 개의 검은 깃발을 꽂았다. 방파제에서 지켜보던 엄마는 그 모습을 결코 잊을 수 없었다. 그리고 미시시피주에서 흑인들의 투표권을 쟁취하기 위해 프리덤서머 캠페인에서 활동하던 세 명의 흑인 민권운동가들에 대해 들었던 뉴스도 잊지 못했다. 제임스 체이니, 앤드루 굿맨, 마이클 슈워너는 1964년 6월 납치돼 살해됐고, 그들의 시신은 두 달 뒤 네쇼바 카운티에 있는 둔덕에 파묻혀 있다가 발견됐다.

그 뉴스를 들었을 때 엄마는 다니던 대학교의 극단과 함께 다른 주로 견학을 가 있었다. 그때 엄마의 고향인 미시시피주에서 KKK가 공포를 조장하는 작전을 벌이고 있어서 엄마가 돌아왔을 때 전보다 더 두려운 곳이 되어 있었다. 그해 여름은 화염의 계절, 위험이 그 어느 때보다 가까이 다가오고 있던 계절이었다. 미시시피주 전역에서 십자가들과 흑인 교회들이 불타오르고 있었다. 교회 맞은편에 살던 엄마와 할머니는 그때 잠도 제대로 못 자고, 밤마다 잠이 깨서 그 소리를 들었다.

그렇게 절박한 격동의 시기에 둘 다 대학생이었던 우리 부모님이 사랑에 빠졌다. 두 사람은 현대 드라마에 대한 문학 수업에서 만났고, 강의실에서 책과 연극 이야기를 하다가 이내 햇살이 쏟아지는 교정을 같이 걸었고, 나중엔 켄터키주의 초목이 우거진 구불구불한 언덕까지 가게 됐다. 1965년 눈이 맞아 같이 도망친 두 사람은 오하이오강을 건너 두 사람의 결혼을 합법으로 인정하는 신시내티까지 갔다. 그때 오직 엄마만이 이미 자신의 배 속에 자리 잡은 내게 이것이 어떤 의미인지 완벽하게 이해하고 있었다. 두 사람이 헤어져 있던 몇 달 동안 아빠에게 보낸 편지에서 엄마는 당장은 낙관적이고 현실적인 시각으로 상황을 보면서 미국이 변할 거라는 희망을 품고 있었지만, 동시에 이런 세상에 태어날 자신의 자식은 안전하게 살기 위해 배워야 할 게 많을 거라는 점도 인식하고 있었다. 이 말은 내가 처하게 될 현실을 나 스스로가 이해해야 할 필요가 있다는 뜻이었다. 이제는 인종적 통합이 법으로 정해져 있는데도 그 사실을 받아들이는 속도가 고통스러울 정도로 느린 이곳의 숨막히는 현실 말이다. 타고난 이상주의자인 아빠는 내가 인종적 부담—그러니까 흑인이라는—에서 벗어나 아빠처럼 자유롭게 성장할 수 있을 거라고 믿을 정도로 여전히 세상사에 순진했다.

두 사람은 흔히 반대되는 성향이 그렇듯 서로를 보완해줬다. 엄마는 우아하면서 속내를 잘 드러내지 않고 세세한 면까지 신경을 쓰는 꼼꼼한 성격이었던 반면, 아빠는 거친 태도에 소란스러우면서도 독서를 좋아해서 종종 상념에 빠져 있곤 했다. 아빠가 면도하는 모습을 지켜본 내가 아빠의 면도칼을 내 뺨에 대고 똑같이 해보려고 했을 때 내 뺨에 흐른 피를 지혈한 사람도 엄마였다. 딴 데 정신이 팔려서 내 손이 닿는 곳에 면도칼을 놔두고 간 사람은 아빠였다. 어느 날 집 밖에 있는 배수로에서 무릎을 다쳐 겉으로 드러난 검은 피부 속에 하얀 속살이 보였을 때 나는 두 사람 사이에 누워 두 사람의 손을 하나씩 잡고 왜 엄마와 아빠는 피부색이 다른지, 왜 나는 흑인도 아니고 백인도 아닌지 물었다. 난 뭐야? "넌 우리 두 세계의 가장 좋은 면만 가지고 있는 아이야." 두 사람은 그렇게 말했고, 그게 처음도 아니었다.

　바깥세상으로 나가서 엄마나 아빠 둘 중 한 사람과 같이 다닐 때부터 나는 혼란스러워졌다. 아빠와 같이 나갈 때면 백인들이 아빠에게 공손하게 대하는 걸 느꼈다. 그들은 아빠를 '선생님'이나 '씨'라고 불렀다. 반면 그들이 엄마를 부를 때는 '아가씨'라고 불렀다. 원래 여자를 부를 때는 '양'이나 '부인'으로 불러야 한다고 나는 배웠는데. 두 사람과 따로 나갈 때 사람들이 엄마나 아빠를 대하는 태도가 너무 달라서 굉장히 혼란스러웠고 내가 어느 세계에 어떻게 속하는지도 알 수 없었다. 오직 집에서 우리 셋이 같이 있을 때만 나는 두 사람의 것이라는 완전하고 충만한 느낌을 받았고, 그렇게 엄마와 아빠와 아이라는 평화로운 삼위일체 속에서 눈을 감고 높은 침대에 누워 두 사람 사이에서 잠이 들곤 했다.

*

　그 침실 밖에 있는 길고 좁은 복도를 따라가면 서재가 나왔다. 셀 수 없이 많은 오후에 그 문을 열고 들어가면 바로 안쪽에 서 있는 높은 책장 하나가 내 시선을 사로잡았다.

그 책장에는 우리 부모님의 책들과 함께, 내 출생을 기념하기 위해 아기 신발을 청동으로 덧씌우는 대신 장만하자고 엄마가 할머니에게 주장한 백과사전 세트가 꽂혀 있었다. 내가 기억해낼 수 있는 가장 초기의 꿈에서, 그 복도는 왠지 끌리면서도 한편으로 살짝 두려움이 느껴지는 미지의 것으로 이어졌다. 그것엔 뭔가 위험한 기운이 서려 있었다. 꿈속의 나는 집에서 자다가 깨어났는데 너무 어둡고 조용해서 집에 나 혼자 있는 것 같았다. 나는 그때 일어나 문간에 서서 긴 복도를 응시했다. 내 맞은편 저쪽 끝에 성인 남자만 한 크기의 조각상이 책장을 막고 있었다. 그 조각상은 얼굴은 없었고, 우리 집 옆 진입로를 뒤덮은 으스러진 조개껍데기들 조각으로 만들어진 것이었다. 나는 맨발로 그 조개껍데기들의 날카로운 가장자리 위를 수도 없이 걸어 다녔다.

이제 생각해보면 내가 기억해낸 어린 시절의 꿈이 왜 그런 내용이었는지 이해가 된다. 그때 아빠는 시간제로 대학원에 다니면서 작가가 되기 위해 영문학 박사학위를 따려고 준비하고 있었다. 그때 뭣 때문에 내가 두려워했는지 아빠에게 말했더라면 그런 이미지는 아빠가 잘 때 내게 들려주던 이야기들과 비슷하다는 점을 일깨워주면서 나를 달래줬을 것이다. 아빠는 내게 오디세우스가 겪은 시련들, 예컨대 동굴 입구를 막고 있는 외눈박이 거인 키클롭스와 오디세우스의 만남에 대해서나, 베어울프의 전설에서 축제의 홀에 나오는 반인반수의 괴물 그렌델에 대해서 이야기해줬다. 그다음에는 나르키소스, 이카로스, 카산드라, 스핑크스의 수수께끼에 대해서도 들려줬다. 그것은 용기, 허영, 오만, 지식에 관한 이야기들이었다.

나는 아빠가 커다란 의자에 앉아 책을 읽는 동안 아빠의 무릎 위에서 몸을 웅크리고 앉아 있길 좋아했다. 어느 날 저녁 아빠의 목을 손가락으로 쓸어내리다 관절처럼 툭 튀어나온 곳을 지나쳤다.

"이게 뭐예요, 아빠?" 내가 물었다. 주일학교에서 아담과 이브 이야기는 들어서 알고 있었지만, 아빠가 이제부터 들려줄 부분은 모르고 있었다. 아담이 선악과나무에서 선악과를 따서 먹다가 그 씨가 목구멍에 걸렸고, 그 결과 후손들은 대대손손 이런 신체적 특징을 물려받게 됐다고.

"이거 아파요?" 내가 물었다.

"아니. 하지만 이건 지식을 갖는 것의 대가 중 하나이기도 하단다." 아빠는 평소처럼 미간에 주름을 잡으며 말했다.

"왜 나는 없어요?"

"너도 있어." 아빠는 내 목에 손을 대면서 말했다.

"단지 아빠보다 작을 뿐이야. 말을 해보면 너도 느낄 수 있어."

아빠는 세상의 여러 면모에 대해 내가 알길 원했지만 언제나 직설적으로 말하진 않았기 때문에 나는 아빠가 들려주는 이야기를 집중해서 들으면서 거기 나오는 등장인물들 속에서 나의 모습을 찾았다. 아빠가 그러지 말라고 경고했는데도 그네를 너무 높이 타다가 뒤로 넘어갈 뻔하면서 그네 사슬이 휘어지는 바람에 내가 땅바닥에 떨어졌을 때 아빠는 내게 이카로스 이야기를 들려줬다. 화장하는 엄마를 흉내 내느라 거울 앞에 선 내가 내 얼굴에 매료돼 거울을 너무 오래 보고 있을 때는 나르키소스 이야기가 나왔다.

우리 가족의 삶을 소재로 한 단편을 쓰고 있을 때 아빠는 내 캐릭터의 이름을 그리스신화에 나온 인물의 이름을 따서 카산드라라고 지었다. 아빠에게 카산드라의 신화는 내가 알아야 할 필요가 있다고 아빠가 생각한 것 쪽으로 나를 이끌기 위한 도구일 뿐이었다. 카산드라 이야기의 다른 버전에서 카산드라는 그저 사람들의 오해를 받았을 뿐인 여성으로 나오는데, 그건 미시시피 같은 곳에서 태어난 혼혈 아이의 뻔한 운명에 대한 아빠의 상상과 닮아 있었다. "카산드라는 예언자였지만 아무도 그녀의 말을 믿지 않았어." 아빠는 내게 이렇게 말했다. 하지만 세월이 흐르면서 아빠가 지어준 이 두 번째 이름이 점점 더 무겁게 나를 짓눌러 왔다. 내게 그 이름을 줌으로써, 아빠는 내게 예지력이 있어야 한다는 부담을 지웠을 뿐 아니라 인과관계라는 개념, 즉 그게 뭐든 내가 상상할 수 있는 것, 내 마음의 눈으로 볼 수 있는 것은 내가 그걸 상상했기 때문에 일어날 거라는 생각을 심어줬다. 마치 내 의지로 그 일을 일으킨 것처럼 말이다.

우화와 비유의 언어가 우리 셋이 같이 살던 시간을 단단하게 받쳐줬다. "저 공은 어떻게 갖고 놀고 싶니?" 어느 날 오후 아빠가 하늘에서 붉게 타오르는 거대한 태양을 가리키며 말했다.

"바보 같은 소리 하지 마. 그랬다간 쟤 손에 화상을 입을 기야." 엄마가 말했다.

그때도 나는 부모님 사이에 무언의 대화가 오갔음을, 그들이 날 세상에 대비시키려고 하는 방식에 차이가 있음을 알고 있었다. 아빠는 시인인 로버트 프로스트가 경고했듯 사람은 반드시 비유적 언어를 통한 교육을 철저히 받아야 한다고 믿었다. 프로스트는 이렇게 썼다. "내가 지적하고자 하는 바는 당신이 비유를 편안하게 구사하지 않는 한, 비유를 통해 제대로 된 시적 교육을 받지 않는 한, 당신은 어디서도 안전할 수 없다는 점이다. 당신은 비유의 가치를 자유롭게 구사하지 못하기 때문에 비유의 강점도 약점도 알지 못한다……. 그래서 과학 안에서 안전하지 못하고, 역사 안에서도 안전하지 못하다." 대학에서 문학과 희곡을 전공한 엄마도 분명 비유를 배워야 할 필요성은 절감하고 있었을 것이다. 하지만 엄마는 아빠와 달리 딱 부러지는 스타일로, 추상과 비유적인 표현보다는 좀 더 현실적인 교육과 내가 아직은 상상도 할 수 없었던 위험에 대한 경고에 관심이 더 많았다.

*

아빠와 같이 철로를 따라 오랫동안 걸었던 그 산책들이 기억난다. 엄마를 위해 내가 꽃이나 블랙베리를 따는 동안 아빠가 시를 낭송하던 그 목소리도. 우리는 기차가 밟고 지나가기 전에 놔둬서 납작해진 1센트짜리 동전들을 모았고, 나는 손바닥에 유년기에 생긴 긁힌 자국들, 베인 자국들과 함께 익숙한 피 냄새의 기억이 배어들 정도로 그것들을 꽉 움켜쥔 채 걸었다. 엄마는 집에서 우리를 위해 옥수수 푸딩을 구워놓고 기다렸고, 부엌에서는 따뜻하고 좋은 냄새

가 났다. 창턱에는 내가 꺾어온 꽃들을 꽂은 꽃병이 오후의
햇살을 머금어 마치 빛을 담은 병처럼 빛나고 있었다. 모든
것이 경이로웠다. 자기들이 파놓은 굴 위로 굴뚝을 쌓는 가
재들, 조선소에 있는 기계들과 철도 전철기에서 요동치는
거대한 기관차들. 내가 본 풍경을 달라지게 만들었던 언어
의 리듬과 단어의 위력.

"창밖을 봐봐." 아빠가 말했다. 아빠는 늑대 손가락 인
형과 빨간 모자 이야기로 나와 놀아주고 있었다. "저 밖에
있는 늑대가 보이니?" 아빠는 나의 이모할머니인 슈거를 손
으로 가리키며 물었다. 그 순간 할머니는 평상복을 입고 모
자를 쓴 채 우리 집 바로 뒤에 있는 숲속을 똑바로 서서 걸
어온 늑대로 변신했다. 그때 부엌 싱크대에서 콩 껍질을 까
고 있던 엄마도 무심코 창밖을 봤다가 웃음을 터트렸다. 우
린 안전했다. 아무것도 우리를 해치지 않을 것이었다.

이것이 내 유년기의 경이로운 공간, 우리 부모님의 찰
나와 같은 행복과 내 인생이 지금처럼 언제나 행복할 것이
라는 굳건한 믿음이 깃들어 있던 곳이었다. 그때 우리는 외
가 식구들 가까이 살면서 끈끈한 유대 관계를 유지하고 있
었다. 우리는 할머니와 같이 살고 있었고, 바로 그 옆집에는
이모할머니인 슈거가 살고 있었다. 우리 집은 내 증조할머

니인 유지니아 머기가 살던 집이 있던 작은 땅에 자리 잡고 있었다. 증조할머니는 현관이 집 전체를 빙 둘러 있고 페인트도 칠하지 않은 수수한 빅토리아 양식의 집에서 자식을 일곱 낳았는데 그 집은 오래전에 헐렸다. 유지니아의 자식 중 다섯만 살아서 성인이 됐고, 그분이 세상을 떠났을 때 남은 두 딸, 아직 소녀였던 우리 할머니와 슈거 이모할머니가 이 땅을 물려받았다. 이들의 집이 이제 이 땅 위에 서 있었고, 목초지 건너편에 그들의 남자 형제이자 내게는 조부가 되는 선 할아버지가 아내인 리지를 위해 지은 집이 있었다.

우리 식구들 말고도 우리는 우리 집 어른들과 같이 성장한 사람들에게 둘러싸여 살았는데, 그중 많은 사람이 우리처럼 과거 노예였던 사람들의 정착지였던 노스걸프포트라는 마을 주민이었다. 그곳에는 메노나이트[2] 선교사들이 세운 지역문화센터가 있었고, 나는 거기서 수영 수업을 받았다. 그곳에는 선 할아버지가 1950년대부터 회원이었던 사교클럽 엘크스로지도 있었고, 교회 몇 개와 작은 나이트클럽 몇 개, 그리고 선 할아버지가 운영하던 올빼미 클럽을 포함한 자그마한 대중식당도 몇 개 있었다. 엄마는 소녀 시

---

[2]   네덜란드 종교개혁자 메노 시몬스가 세운 재세례파의 최대 교파 중 하나.

절에 그 식당에 있는 주크박스에 들어갈 레코드를 고르는 걸 도왔고, 할머니는 주말마다 그 식당 주방에서 검보[3]나 팥과 쌀이 들어간 요리를 만들었다. 그 마을에는 선 할아버지의 팀이 뛰는 야구장도 있었다. 그 팀에서 아빠는 포수로 활약했는데 야구장에 선 유일한 백인 선수였다.

선 할아버지는 수염을 깔끔하게 손질한 훤칠한 미남으로 말을 할 때는 마치 그 완벽한 이 사이에 시가를 물고 있는 것처럼 이를 앙다물었다. 그는 우아한 편상화를 신고 촉감이 좋은 속셔츠에 잔디밭을 깎을 때도 주름을 잡은 바지를 입었다. 그의 피부는 황갈색이었는데 피부색이 어찌나 옅은지 백인이라고 주장해도 통할 정도[4]여서 동네 사람들은 그의 아버지에 대해 쑥덕거리며 사실은 그리즈월드 씨란 백인이 그의 아버지였을지도 모른다고 추측했다. 원래 이 마을의 이름이 그의 이름을 딴 그리즈월드였다. 그래서 양도증서를 통해 지금 선 할아버지의 임대주택들이 서 있는 노스걸프포트 땅의 대부분을 그에게서 물려받았을 거라

---

3   닭이나 해산물에 보통 오크라를 넣어 걸쭉하게 만든 수프.

4   자신이 실제로 속한 것과 다른 인종 집단의 일원이라고 여겨지는 일을 '인종적 패싱'이라고 한다. 주로 피부색이 옅은 흑인 또는 혼혈에게 해당되는데, 인종차별적인 사회 관습에서 벗어나 백인 사회에 동화되기 위해 의도적으로 패싱을 시도하기도 한다.

고 입방아를 찧었다.

선 할아버지의 아내인 리지 할머니 역시 피부색이 옅었고, 체격이 아주 크고 살집이 넉넉했다. 리지 할머니에게 안길 때면 베개를 껴안은 것처럼 푹신했고, 텔컴파우더[5]를 뿌린 가슴은 하얬고 향기가 났다. 1950년대에 선 할아버지는 일할 때도 아내 가까이 있으려고 자신의 집 바로 옆에 나이트클럽을 지었다. 그리고 그가 모는 캐딜락은 두 건물 사이에 있는 진입로에 세워놨다. 근방에 있는 대부분의 다른 집과 달리 선 할아버지 집은 방마다 에어컨이 설치돼 있었고, 리지 할머니는 집을 영안실처럼 차게 해놓은 채 오후의 열기를 차단하기 위해 레이스 커튼을 창마다 쳐놨다. 예수 그리스도, 케네디 대통령, 마틴 루서 킹의 초상화 밑에 있는 독서대에는 큼지막한 성경 한 권이 펼쳐져 있었다. 선 할아버지가 아빠와 같이 집 앞쪽에 있는 거실에 앉아 있는 밤이면, 집 뒤쪽에 있는 여자들은 식탁 앞에 앉아 담소를 나누며 웃었다. 나는 할아버지의 발치에 누워 그가 피우는 시가의 자극적인 향기를 맡고 크리스털 컷글라스에서 은은하게 빛나면서 빙빙 돌아가는 버번위스키를 바라보며, 굵직하면서

5   주로 땀띠약으로 쓰이는, 몸에 바르는 분.

도 경쾌한 할아버지의 목소리를 들었다.

슈거 할머니의 집은 땅딸막한 석조 단층집으로 잴러시 유리창[6]을 끼운 벙커처럼 생겼다. 할머니는 그걸 질투한다는 뜻의 잴러시 유리창이라고 불렀다. "저 늑대는 그냥 우리 집에 들어올 수 없어서 화가 난 거야." 할머니는 시카고에서 25년간 살다가 내가 태어난 후 은퇴하고 걸프포트로 돌아와 이 집을 지었다. 할머니가 처음 한 일은 내 두개골이 완전하게 형성됐는지 확인하는 것이었는데 단순히 미용을 위해 그런 게 아니었다. 할머니는 두개골의 모양이 제대로 잡혀야 지식을 쑥쑥 흡수할 수 있을 거라고 굳게 믿고 매일 한 시간씩 마치 조각가처럼 기름으로 내 머리를 마사지했다.

1906년에 태어나 우리 할머니보다 열 살이 많은 슈거 할머니는 어머니가 돌아가셨을 때 동생들을 키우면서, 동생들의 교육뿐만 아니라 영적 계몽에도 신경을 썼다. 사람들이 모일 수 있는 곳이 마을 정자밖에 없었던 시절 슈거 할머니는 그곳에 교회를 세웠다. 우리 가문에 내려오는 전설에 따르면 그것이 바로 우리 가족의 작은 땅에서 길 하나를 사이에 두고 맞은편에 있는 마운트올리브 침례교회가 됐

---

6 베니션블라인드처럼 여닫을 수 있는 창문.

다. 슈거 할머니는 결혼을 한 번 했지만, 나는 할머니가 독신이라고 생각하면서 컸다. 할머니가 이제 더는 남자에게 관심이 없거나, 혹은 할머니 표현대로 '일하려 하지도 않고' 할머니와 동등하지도 않은 남자에게 정착하고 싶지 않아 하는 독신녀라고 말이다. "너보다 못 배운 사람과는 절대 결혼하지 마라." 할머니는 내게 거듭 말했다.

슈거 할머니에 관한 이야기를 들어보면, 할머니는 가족의 영웅이었다. 할머니는 백인을 포함해 모든 사람에게 맞섰고, 일상적으로 할머니를 깎아내리려 하는 사람들에게 언제든 신랄하게 응수할 준비가 돼 있었다. 한번은 할머니가 아직 젊었을 때 할머니 집 앞을 지나가던 백인 남자 하나가 이렇게 소리쳤다. "어이, 고모." 그것은 당시 백인들이 흑인 여자를 부르는 일상적인 호칭이었다. 할머니는 그 소리를 듣자마자 문 바로 안쪽에 산탄총을 받쳐놓고 이렇게 응수했다. "정확히 언제 내 남동생이 네 엄마랑 결혼했는데?"

슈거 할머니는 키 182센티미터에 비쩍 마른 체격이었지만 강단이 있었고, 손가락이 길어서 코바늘뜨기를 할 때도, 교회에서 피아노를 칠 때도 능숙하게 해냈다. 내가 아동용 낚싯대를 잡을 수 있을 정도로 크자마자 할머니는 나를 데리고 대부분의 주말마다 걸프포트에 있는 부두로 낚시하러 갔다. 우리는 토요일마다 해 뜨기 직전에 일어나 두 집 사이에 있는 마당에서 만나 벌레를 모았다. 내가 손전등을 들고 지켜보는 동안 할머니는 가늘고 날씬한 손가락을 검고 부드러운 흙 속에 푹 찔러 넣어 벌레를 한 마리씩 끄집어냈 다. 부두에 가면 우리 둘은 말없이 앉아 할머니가 흥얼거리 는 콧노래 소리만 들었다. 가끔 할머니는 씹는담배를 씹다가 컵에 뱉곤 했다. 우리의 낚시 여행에 필요한 인내심을 키우 기 위해 할머니는 처음에 내게 우리 땅 옆으로 길게 나 있는 도랑에서 가재를 가두는 법을 가르쳤다. 나는 안전핀을 써 서 긴 끈 끝에 비곗덩어리 조각을 고정하는 법을 배웠다. 그 리고 그것을 진흙투성이 물속에서 끌고 다니면서 물속을 골 똘히 들여다봤다. 물론 그걸 건드리려고 기다리고 있는 것의 정체를 볼 수 없을 거라는 점은 알고 있었지만 그래도.

슈거 할머니의 언어는 아빠의 그것과는 달랐지만, 할 머니의 언어도 관용구와 비유로 이뤄져 있었다. 할머니는 교회에서 나를 조용히 시킬 때면 이렇게 속삭이곤 했다. "쥐새끼가 솜뭉치 위에 오줌 싸는 것처럼 조용히 있어." 모 든 비밀은 조용히 시작돼서 '그것이 지켜지는 동안만' 침묵 이 유지된다. 할머니가 키우는 강아지에게 토비란 이름을 지어주고 그것이 보호해준다는 뜻의 마력을 지닌 부두교의 언어라고 말했을 때 나는 할머니가 자신의 모습을 바꿀 수 있는 마법사라고 확신하고 기뻤다. 찬송가를 무척이나 좋아했던 할머니는 일상적인 일을 하면서 종종 그걸 읊조리곤 했다. 오랜 세월이 지나서 치매 때문에 정상적으로 말할 수 없게 됐을 때도 할머니는 필요한 말을 하고 싶으면 그때와 똑같은 억양으로 찬송가의 가사들을 읊조렸다. 그것이 치매 증세라는 걸 우리가 알아차리기 오래전부터 할머니는 매일 우리 집 뒷문에 와서 방충망을 통해 내 이름을 노래 부르듯 불렀다. 그러곤 아직 덜 익은 무화과 세 개를 선물로 내밀곤 했다. 그 과일들은 이렇게 말하는 것 같았다. 기다려, 인내심을 가지고, 그러면 달콤해질 거야. 말없이도 할머니는 내게 물건이 가진 비유의 힘과 의미의 병치를 가르쳤다.

우리는 뒷마당에서 자라는 여러 그루의 나무에서 떨어진 피칸을 같이 주웠고, 새들이 먹기 전에 무화과와 감을 땄고, 계절마다 잼을 만들어 유리병에 보관했다. 언젠가 할머니는 먼지투성이인 의학서들을 꺼내서 시카고의 연구실에서 했던 연구와 실험들이 어떤 종류였는지 보여줬다. 나는 흰 실험실 가운을 입고 분젠버너를 내려다보거나 시험관을 검사하고 있는 할머니의 사진들을 오랫동안 바라봤다. 할머니의 이야기는 발견의 설렘으로 가득 차 있었고, 나는 각기 다른 물질들을 섞고, 거기에 열을 가하고, 예리한 눈으로 그것들을 관찰하고 밝혀서 풀 수 있는 비밀들을 상상했다. 할머니의 응접실에서는 과학과 점(占)이 하나로 어우러졌다. 할머니는 여러 가지 징후를 읽고, 내 피부에 난 주근깨로 미래를 예언했다. "손에 난 점은 돈을 손으로 거머쥔다는 뜻이야. 목에 난 점은 돈을 쪼아 먹는다는 뜻이고……." 그런 오후들이 아주 즐겁게 천천히 흘러갔다. 티타임에 할머니는 아이스티와 함께 식빵의 갈색 가장자리를 잘라내고 설탕을 듬뿍 뿌린 우유에 흠뻑 적셨다가 버터로 구워낸 샌드위치를 주셨다. 그런 나날은 그 샌드위치처럼 달콤했다.

*

길 아래쪽에는 걸프앤드십아일랜드 도로가 올드하이웨이 49번 도로 옆에 있는 잭슨을 향해 북쪽에서 남쪽으로 길게 뻗어 있었다. 우리 할머니 집에서 고작 몇 미터 떨어진, 할머니네 진입로 바로 옆에 있는 길이 바로 뉴하이웨이 49번 도로로, 복잡한 4차선 도로가 과거에 초지였던 곳 위로 펼쳐져 있었다. 밤이면 한쪽으로 가는 기차 소리를 들을 수 있었다. 그것이 기적을 울리며 포코너스에 있는 건널목에 멈출 때면 반대편에서는 대형 트레일러트럭이 내는 우르르 소리가 땅을 흔들고 창문들을 덜걱덜걱 흔들었다. 이 둘 사이에 자리 잡은 우리의 작은 고향 땅은 어린 내 눈에는 거대해 보였다.

선 할아버지와 리지 할머니의 집은 중간에 있는 그 고속도로에 의해 우리 집과 따로 떨어져 있었지만, 우리는 할아버지 집의 부엌 유리창을 선명하게 볼 수 있었다. 그곳에서 매일 아침 블라인드가 올라가고 커튼이 열리는 모습을 지켜봤다. 가끔은 늦은 오후에 그러기도 했는데 그건 그 안에 있는 식구들이 다 잘 있다는 신호이기도 했다. 수년간 여름에 나는 이 집들을 오가며 가끔은 슈거 할머니 집에서 저녁을 먹고 자고 오기도 하고, 선 할아버지와 리지 할머니를 보러 49번 도로를 건너기도 했다. 우리 엄마는 이 친척들 사이에서 유일한 아이로 성장하면서 나와 똑같이 이들 집을 오가며 익혔던, 자신의 도착을 알리는 법을 내게 가르쳐줬다. 그것은 엄마를 위해 암호가 된 신호로 슈거 할머니 집에서는 문을 재빨리 똑똑 두드리는 것이었고, 선 할아버지 집 앞에서는 유후라고 소리치는 것이었다. 이 친척들은 엄마를 애지중지했던 것처럼 나도 그렇게 예뻐했고, 나는 집안의 하나뿐인 아이로 그들에게 받는 관심과 애정이, 이렇게 가까운 친척들로 이뤄진 작은 집단이 주는 위로가 정말 좋았다.

근처에는 내 또래 아이들이 거의 없어서 나는 많은 시간을 혼자 보냈다. 놀이방에 있지 않거나 혼자 밖에 나와 있지 않을 때면 어른들 옆에 조용히 앉아 그들을 지켜보며 그들이 하는 이야기를 들었다. 종종 할머니의 교회에서 여성 보조그룹 회원들이 찾아와서 주기도문을 외우고 성경을 주제로 토론했다. 무엇보다 나는 엄마를 지켜보는 것이 좋았다. 아침에 내가 학교 가기 전에 엄마는 일찍 일어나 화장대 앞에 앉아서 머리를 올렸다. 주말이면 엄마가 저녁에 아빠와 데이트를 하기 위해 옷을 차려입는 모습을 지켜봤다. 키가 크고 우아한 엄마는 아주 가는 은제 체인에 매달려 대롱거리는 진주 귀걸이나 고개를 돌릴 때마다 엄마의 뺨을 스치는 금으로 된 고리 모양의 귀걸이를 찼다. 가끔은 목의 움푹 꺼진 부위에 카메오[7]가 놓이는 검은색 벨벳 초커를 차기도 했다. 목 뒤쪽에 자라난 가늘게 휘어진 솜털 때문에 엄마는 더 여려 보였다. 세상 그 어떤 갑옷으로도 그 연약한 목을 지킬 수 없을 것처럼 보였다.

7 　어두운색을 바탕으로 밝은색의 초상 따위를 돋아 나오게 깎아 만든 돋을새김을 한 작은 장신구의 하나.

*

    부모님 두 분과 같이 외출하기 시작해서 노스걸프포트의 경계를 넘어 상점이나 극장에 가기 시작했을 때 나는 백인들이 우리에게 반응하는 방식을 살펴봤다. 우리 부모님 둘 다 외모가 뛰어났기 때문에 사람들이 쳐다볼 만하기도 했지만, 1960년대 후반에서 70년대 초반의 미시시피는 국법에 따라 해변들과 주 전역의 학교들이 완전히 인종적으로 통합되기 전까지 아직 몇 년이 남아 있던 시절이었다. 전 주지사인 로스 바넷이 다른 인종 간의 사교 활동을 주시하고 있었고, 우리 할머니는 1965년에 치른 우리 부모님의 결혼식을 지역신문에 발표하려고 애를 쓴 이후 쭉 감시 대상 명단에 올라와 있었다. 당시에는 여전히 인종분리 정책이 정상으로 여겨졌고, 법적으로는 그렇지 않더라도 관습으로 유지되고 있었다. 그래서 부모님과 나는 어딜 가든 대부분의 곳에서 노골적인 적의에 맞닥뜨렸다.

    우리와 마주친 백인들의 얼굴에서 그걸 볼 수 있었다. 개중에 좀 더 나은 사람들도 고개를 설레설레 흔들며 이렇게 속삭였다. 아주 매력적인 여자인데 흑인이라니 참 안됐어. 다른 백인들은 우리를 빤히 노려보며 혀를 찼다. 가끔은 이런 적의를 대놓고 드러내며 위협을 하기도 했다. 어떤 사람은 울워스 쇼핑몰에서 나와서 차로 걸어가는 우리를 따라오기도 했는데, 엄마는 아빠가 돌아서서 우리를 따라오는 남자를 상대하지 않게 하려고 아빠 팔을 꼭 잡고 있었다. 또 다른 사람은 차를 아주 천천히 몰아 우리 집 옆을 지나쳐 가면서 앞쪽 현관에 앉아 있는 우리를 노려봤다. 부두에서 일을 마치고 퇴근하는 아빠에게 서너 명의 남자가 다가와 이렇게 묻기도 했다. 당신은 대체 어디가 잘못된 거요? 왜 그런 검둥이들하고 살고 있지?

평생 백인들의 이런 관심을 받으며 살아온 엄마와 할머니는 감시와 협박에 익숙해져 있었다. 밤이면 우리 집의 앞쪽 유리창을 수색하듯 훑고 가는 일련의 헤드라이트들, 대낮에 차를 타고 지나가는 백인 남자들이 큰 소리로 하는 성희롱들. 1950년대 후반에서 60년대 초반에 할머니는 노스걸프포트에 온 메노파 선교사들 몇 명에게 숙소를 제공했다. 그들은 이 지역 사람들을 가르치고, 지독하게 가난한 사람들의 다 허물어져가는 집들을 수리하고, 교회 목사로 일하기 위해 찾아왔다. 한 번에 몇 주씩 이 젊은 백인 선교사들이 할머니 집에 머물렀는데, 얼마 못 가 이 지역 백인들이 그들과 그들이 하는 일에 주목하게 됐다. 처음에 그들은 그 메노파 선교사들이 하는 성경 캠프가 인종적 통합을 촉진하고 있다고 믿고 그걸 폭파하겠다고 협박했다. 거기에 우리 엄마도 다니고 있었는데. 그다음엔 KKK가 우리 집 길 건너편에 있는 마운트올리브 침례교회를 폭파하겠다고 협박했다. 우리 할머니는 그에 굴하지 않고 밤이면 베개 밑에 권총을 둔 채 자기 시작했다. 그 위험한 상황에서도 할머니는 반드시 이 일을 해야 하고, 도움을 청하는 사람들에게 자신의 집을 개방해야 한다는 믿음을 굳세게 지켰다. "그것은 도덕적인 의무야." 할머니는 이렇게 말했다.

엄마와 할머니 두 사람 다 이런 상황을 꿋꿋이 참았지만, 두 사람의 반응 양식은 달랐다. 엄마는 총이라면 질색했고, 백인들과 대립하는 것도 싫어했다. 반면 할머니는 총을 필수품으로 봤고, 내게 언제 우리 집에 들어올지도 모르는 불법 침입자와 대치하는 방식을 수도 없이 일러줬다. "먼저 경고사격을 해. 그래도 놈들이 계속 들어오면 다리를 겨냥해서 쏴." 할머니가 말했다.

할머니의 이런 말 덕분에 나는 우리가 처하게 될지도 모르는 위험이 끈끈한 유대로 이뤄진 우리만의 세계 밖에만 국한된 게 아니라, 바로 우리에게 쳐들어와서 마당을 건너 현관문을 열고 집 안으로 들어올지도 모른다는 사실을 처음 깨닫게 됐다. KKK가 우리 집 진입로에서 십자가를 태웠던 밤을 기억하기엔 난 너무 어렸지만, 그 이야기는 몇 번이고 들어서 마치 내가 겪은 것처럼 그 밤은 내 기억 속에 생생하다. 나는 다큐멘터리의 한 장면을 보듯 그 장면을 바라본다. 그곳은 조용하다. 창문에서 돌아가는 금속 상자 속의 선풍기 소리를 제외하곤. 그 윙윙거리는 소리는 오래된 영사기에서 나는 소리 같다.

그 남자들은 저녁을 먹고 오랜 시간이 지난 후 밤늦게 도착한다. 부모님은 방에서 텔레비전을 보고 있다. 할머니와 찰리 삼촌은 부엌에서 마지막 남은 설거지를 하고 있다. 나는 이제는 다 돌아가신 분들이 유령처럼 집 안에서 움직이는 모습을 보고 있다. 이 이야기에서는 나도 유령이다. 당시 갓난아기였던 나는 이 사건에 대한 기억이 없고, 표정을 가늠하기 힘든 내 얼굴은 아직 아빠처럼 하얗다. 할머니는 블라인드 사이로 밖에 몰려온 한 무리의 남자들을 훔쳐보고 있다. 하얀 가운을 입은 일고여덟 명의 남자들이 사람만 한 크기의 십자가를 들고 있다. 침실에서 엄마가 날 보살피고 있다. 암막 커튼을 치고, 집 안의 불은 다 끄고 구석에 있는 허리케인 램프[8]의 희미한 불빛만 가물거리는 채로 우리 모두 어둠 속에 있다. 아빠

와 삼촌이 소총을 들고 앞문 안쪽에서 조용히 기다리는 동
안 밖에 있는 남자들이 십자가에 불을 붙인다.

할머니의 집에서 일어났던 그 일을 기억하고 그 이야
기를 다시 하는 행위는 그 앎을 통해 나를 보호하고 내 미래
의 안전을 보장하기 위해, 그리고 그로 인해 내가 언제나 경
계하고 조심하기를 바라는 마음에서 한 것이다. 그래서 나
는 남부의 특정 억양을 들을 때면 목덜미의 털이 곤두서고,
남부 연합의 깃발을 보거나 길에서 우리를 너무 바짝 따라
오는 트럭의 유리창에 총이 받쳐져 있는 모습을 볼 때면 긴
장해서 등이 굳곤 했다.

*

단단하게 연결된 대가족 사회 안에서, 내 일상을 지켜
보고 개입하는 친척들의 관심 속에서 자란 나는 주위에서
부글부글 끓어오르는 사회적 분위기와는 상관없이 세상의
모든 인종적 협박과 폭력으로부터 보호받는 느낌이 들었

8   바람이 불어도 불꽃이 꺼지지 않게 유리 갓을 두른 램프.

다. 선 할아버지는 미시시피 헤드스타트 프로그램[9]의 일환인 스쿨버스를 운전했는데 아침이면 제일 먼저 나를 태웠고, 학교가 끝나는 오후엔 운행 노선을 돌면서 나와 이야기하다가 나를 제일 늦게 내려줬다. 엄마도 헤드스타트 프로그램에서 사무직으로 근무하고 있었는데, 엄마의 사무실이 내가 수업을 들으러 다니는 천주교 성당 바로 옆에 있었다. 할머니는 내가 태어나 병원에서 퇴원해서 집에 온 그날 시내에 있는 직물 공장 일을 그만두고 그때부터 집에서 재봉사로 일했다. 부모님이 아직 직장에 있는 동안 할머니가 나를 돌볼 수 있게 할머니의 커다란 재단 테이블과 재봉틀은 내 놀이방 바로 옆에 있었다.

가끔 나는 방과 후에 재단 테이블 밑의 선반에 누워 남은 천 쪼가리들 사이에서 몸을 동그랗게 만 채 할머니가 틀어놓은 라디오 프로그램인 〈엘러리 퀸〉이나 〈다크 섀도〉를 들었다. 이제는 그것이 인기 있는 텔레비전 드라마를 라디오 드라마로 각색한 것이었다는 사실을 안다. 할머니는 자신의 젊었을 적 인생에 대해 들려주면서 옆에 없는 할아버지

---

9 취학 전 빈곤 아동에게 언어, 보건, 정서, 교육 등 다양한 방면의 서비스를 제공하여 빈곤의 악순환을 끊겠다는 취지로 만들어진 미국의 아동 보육 프로그램.

에 대해 겉으로 보기엔 지극히 사무적으로 내 질문에 대답해줬다. 생전 처음 집을 떠나 새신랑과 함께 미시시피 북쪽으로 여행한 이야기에서 할머니는 차창으로 본 바깥 풍경을 묘사했다. "도로 양쪽으로 하얀 글라디올러스들이 활짝 핀 들판이 보였어." 나는 이제 그 이야기에 깃든 순진함과 조용한 슬픔을 이해한다. 한 번도 목화가 자라는 풍경을 본 적이 없었던 할머니는 흑인 노예들과 소작인들의 허리가 휘는 노동의 상징이 된 그 식물을 명예와 추억, 검투사의 검을 상징하는, 공원을 빙 둘러 심곤 했던 키가 큰 꽃들로 착각한 것이다. 그때 할머니는 아직 자신이 한 결혼의 진실을 모르고 있었다. 그 여행에서 본 모든 것이 처음에 본 것과는 다른 것으로 드러났다고 할머니가 말해줬다. 내 유년기는 신화와 교훈적인 이야기로 가득 차 있었고, 이것 역시 그중 하나였다.

*

주위에 가까운 친척들이 아주 많았기 때문에 나는 아빠의 일상적인 부재를 덜 의식하게 됐다. 아빠가 한동안 멀리 떠나 있는 것은 자연스러운 일상이었고, 아빠는 돌아와

서 잠시 같이 있다가 다시 떠나곤 했다. 내가 태어나고 1년
후 아빠는 캐나다 해군에서 장교로 복무하게 됐다. 아빠는
먼저 브리티시컬럼비아에서 훈련을 받은 후 1967년의 대부
분과 1968년의 일부를 구축함 센테니얼호 위에서 캐나다
건국 100주년을 기념하기 위해 전 세계를 돌며 보냈다. 엄
마와 아빠와 나 셋이 같이 찍은 몇 안 되는 사진 중 하나는
할머니 집 서재에서 1969년에 정식으로 찍은 가족사진이었
다. 그것이 우리가 함께 가족으로 찍은 마지막 사진으로, 아
빠는 목제 안락의자에, 엄마는 긴 다리를 꼰 채 그 의자 팔
걸이에 앉아 있고, 초록색 원피스를 입은 나는 그 사이에서
장난스러운 표정을 짓고 있다. 이제는 그 사진에서 그 순간
을 기념하고 싶었던 할머니의 마음이 읽힌다. 우리가 나온
사진 대부분은 우연히 무심하게 찍은 것들이었지만, 이건
할머니가 특별히 사진사를 불러와 찍은 것이었다. 대법원
에서 러빙 대 버지니아주의 판결, 즉 다른 인종 간의 결혼을
금지하는 법이 위헌이라는 판결이 나오고 2년 후, 할머니는
전문가를 고용해서 정식 사진을 찍어 우리 부모님의 결혼
과 우리 가족이 적법하다는 사실을 만천하에 보여주고 싶
었던 것 같다. 우리를 여전히 일탈한 사례로 봤던 곳에서 말
이다.

우리 사진을 찍으러 왔던 사진사는 양쪽 다리 다 절단 수술을 받은 사람이었다. 엄마는 내게 그 아저씨를 빤히 보지 말라고 경고했지만, 나는 도저히 두 정강이가 있어야 할 무릎 아래 텅 빈 곳을 흘끗흘끗 훔쳐보지 않을 수 없었다. 그가 이제는 사라지고 없는 다리 부위의 허공을 긁었을 때 내가 너무나 강렬하게 호기심이 어린 눈동자로 보는 바람에 그가 내 시선을 눈치채고 말았다. 그는 아이들의 그런 난폭한 호기심에 익숙해진 모양이었다. 그는 내게 몸을 기울이고 아주 작은 소리로 속삭였다. "이젠 여기가 사라졌지만 나는 아직도 느낄 수 있단다." 사진을 보면, 엄마가 마치 내게 눈에 보이는 흔적을 남기고 있는 것처럼 내 팔을 집게손가락으로 누르고 있다. 나는 사진사를, 부재라는 새로운 관념을, 환상통이라는 새로운 관념을 똑바로 보고 있다. 언젠가는 내가 그 감정을 얼마나 강렬하게 느끼게 될지 모르는 채로.

*

　　아빠는 그와는 다른 부류의 기념을 염두에 두고 있었다. 러빙 대 버지니아주 판결이 나온 후 아빠는 우리의 피부색 차이가 좀 덜 두드러지는 곳, 엄마가 긴장을 풀고 쉴 수 있는 곳으로 여행 가고 싶어 했다. 1600킬로미터가 넘는 장거리 여행의 위험에 대해 엄마가 느끼는 꺼림칙함을 무시한 채 아빠는 멕시코까지 가려고 중고 링컨 컨티넨탈을 한 대 샀다. 겉으로 보기에는 도저히 끝나지 않을 것처럼 길게 뻗은 아스팔트 도로와, 뒷좌석에 내가 앉아 꾸벅꾸벅 조는 동안 그 검은 차가 도로 위를 둥둥 떠다니는 것 같았던 느낌이 희미하게 기억난다. 우리는 낮고 묵직하게 떠 있는 해를 향해 달렸다. 두 사람의 결혼 생활이 끝나기까지는 아직 3년이 남아 있었지만, 제일 행복했던 우리의 시간은 이미 어두워지고 있던 저편으로 멀어지고 있었다.

그 여행에서 지금까지 생생하게 기억나는 것, 뇌 속에서 고통스러운 사건들이 마치 지도로 연결되듯이 생생하게 각인된 일은 바로 내가 호텔 수영장에 빠져 죽을 뻔한 일이다. 항상 뭔가를 읽어대는 아빠가 책을 가지러 호텔 방에 들어가는 바람에 내가 수영장의 얕은 쪽에서 물을 첨벙거리며 노는 동안 엄마만 풀장 옆에 남아 있었을 것이다. 내가 어쩌다 더 깊은 곳으로 가게 됐는지는 기억이 나질 않는다. 아주 오랜 시간처럼 느껴지는 동안 나는 물속에 갇혀서 물의 천장을 올려다보고 있었다. 높이 뜬 태양이 머리 위로 보일락 말락 했다. 물속으로 가라앉으면서 두려웠는지는 기억이 나지 않는다. 그저 그 기이하고 불안하게 흔들리는 렌즈를 통해 보이는 상황에 매료돼 있었다. 수영을 못하는 엄마가 수영장 가장자리 위로 몸을 기울이고 팔을 내민 채 나를 향해 손을 뻗던 그 모습 말이다. 엄마의 머리 뒤에서 햇빛이 비치고 있어서 엄마의 얼굴은 마치 고리 모양의 일식처럼, 어두우면서도 동시에 테두리는 빛으로 환하게 빛나고 있었다.

그 여행의 기록으로 남은 것은 달랑 사진 한 장이었다. 그 사진에서 나는 혼자다. 내 뒤 멀리에 산이 있고, 나는 노새를 타고 있다. 사진 뒷면에 아빠가 우아한 필체로 쓴 글씨가 있다. "1969년 몬테레이에서, 타샤." 내가 어렸을 적에 찍은 모든 사진 중에서 이것이야말로—이제는 알겠다—부모님이 각자 다른 방식으로 내가 알아야 한다고 생각한 것들이 무엇인지 보여준 것이었다. 나를 노새 등에 태우자는 건 아빠의 발상이었다. 아마도 자신이 사용한 축산의 비유를 의식하지 못했을 아빠는 나를 자신이 쓴 시 중 하나에서 잡종으로 언급했다. 그 사진은 아마도 아빠 특유의 언어적 농담이었을 것이다. 혼혈 아이가 자신과 이름이 같은 동물을 타고 있는 시각적 개그 말이다. 흑백 혼혈아를 가리키는 물라토(mulatto)라는 말은 노새, 즉 뮬(mule)에서 나온 것이다.

이 시각적 비유가 뭘 의미하는지 잘 알고 있었던 엄마는 그걸 재미있다고 생각할 수 없었다. 두 사람은 내가 이 말을 이해할 필요가 있다는 사실에만 동의했을 것이다. "너는 과학 안에서 안전하지 못하고, 역사 안에서도 안전하지 못하다." 두 사람이 막 사랑에 빠져서 내가 겪게 될 인종차별이란 문제에 사랑만으로 맞설 수 있다고 생각한 초반에 엄마가 어떤 희망을 품었는지 모르겠지만, 그때쯤에는 그 사랑 하나만으로는 날 보호해줄 수 없으리라는 사실을 이 나라가 똑똑히 보여준 뒤였다. 엄마는 내가 혼혈아로서—두 사람의 중간에 있는 위치에서—결국 나 자신과 세상에서 내 위치를 이해하기 위한 여정을 나 홀로 가게 될 것이라는 사실을 알았지만, 동시에 비유의 결과로 태어난 역사라는 보이지 않는 짐을 지고 가게 되리라는 것도 알고 있었다. 엄마는 또한 잡종, 혼혈, 깜둥이 같은 언어가 나를 명명하고 나를 구속하려 들 거라는 사실을 알고 있었다. 그래서 노새의 등에 올라타 있는 내가 그것에 얽매여 있는 동시에 그것에 의해 앞으로 나아가게 될 것이라는 점도 알고 있었다. 엄마는 그저 내가 그것에 의해 파괴되지 않기만을 바랐다.

*

멕시코 여행을 다녀온 후에 아빠는 대학원 수업을 본
격적으로 받기 시작해서 주중에는 우리를 떠나 뉴올리언스
에서 다른 대학원생과 같이 쓰는 아파트에 머물렀다. 나는
아빠가 그리웠지만, 아빠가 보고 싶은 마음을 엄마에게 성
질을 내는 식으로 표현하면서 한부모가정에서 혼자 크는
아이 특유의 엄마에 대한 집착을 품었다. 그래서 엄마를 독
점하려 들었다가 또 다른 때는 내 속으로 움츠러들었다. 마
치 엄마에게 애정을 주지 않음으로써 엄마에게서 더 많은
사랑을 받아낼 수 있을 것처럼 말이다.

주말이면 부모님은 교대로 차를 타고 서로를 보러 갔
다. 걸프포트에서 아빠가 있는 곳까지는 고작 한 시간이 조
금 넘는 거리였고, 우리는 그 길을 수도 없이 다녔지만 엄마
는 끝내 고속도로에서 시내로 가는 길을 제대로 익히지 못
했다. 엄마가 비외카레에 있는 I-10번 고속도로에서 빠져
나오면, 아빠가 그곳에 있는 나들목 끝에서 우리를 기다리
고 있었다. 아빠가 거기서 히치하이크를 하는 척 엄지를 들
고 있는 모습을 보곤 했는데, 그 순간엔 아빠가 낯선 사람이
고 엄마가 아는 것도 별로 없는 곳에서 그를 돕기 위해 차

를 멈춘 것처럼 보였다. 엄마가 자신의 고향이 끌어당기는 힘—어떤 친밀함이나 갈망—을 느꼈다 해도 결코 그런 말을 하지는 않았다. 가끔 나는 거기서 엄마의 침묵이 시작됐다고 생각한다. 마치 엄마가 '오래된 광장'이라는 뜻의 이름을 가진 지역 안에 갇혀서, 자신에게 너무 큰 상처를 주었거나 너무 수치스러워서 내게 전해줄 수 없었던 과거를 상자 속에 넣어 치워버린 것 같다는 생각이 든다.

*

이게 내가 아는 것이다. 퀜덜린 앤 턴바우는 1944년 뉴올리언스에서 태어났다. 엄마가 그해 7월에 이 세상에 왔을 때, 할머니는 서른이 다 된 나이로 헤어 디자이너가 되기 위해 미용학교에 다니면서 항구 근처에 있는 프렌치쿼터에서 살고 있었다. 할머니의 남편인 랠프는 자신이 소속된 해군 부대를 따라 그곳을 떠나고 없었다. 할머니의 말에 따르면, 할머니는 의사가 도착하기도 전에 진통이 시작돼서 혼자 엄마를 낳았다. 할머니는 30분 동안 신생아 옆에 누워 있었고, 의사가 와서 아직 두 사람을 연결해주고 있는 탯줄을 잘랐다. 엄마가 세상을 떠나고 오랜 시간이 흐른 후에도 할머니는 여전히 그때 자신의 배꼽에서 느꼈던 통증을 이야기했다. 한때 그 둘이 연결돼 있던 곳에서 느껴지는 환상통이었다.

그 이야기의 나머지 부분에서 이미 어떤 징조가 보인다. 엄마가 태어나고 불과 이틀 후에 할아버지가 집을 떠났고, 그로부터 일주일이 못 돼서 할아버지의 어머니인 나르시서스[10]가 본인의 아들이 신생아의 아버지임을 확인하러 왔다. 여기에서도 나르키소스라는 등장인물이 우리 가족의 신화에 등장한다. 허영심이 많고 피부색에 집착하며 백인처럼 보이는 나르시서스는 자기 아들이 나의 할머니처럼 피부색이 까만 여자와 결혼했다는 사실을 믿을 수 없어 했다. 나르시서스 턴바우는 우리 엄마의 얼굴이 자신처럼 하얗기를 바랐다. 나르시서스는 또한 우리 엄마가 자기 가족만의 특징이라고 생각하는 것을 가지고 태어났는지 보고 싶어 했다. 자신이 자식들에게 물려준 머리 뒤쪽에 있는 붉은 점이었다. 엄마에게도 그 점이 있었지만, 나르시서스는 둘 사이에 존재하는 지울 수 없는 그 연결 고리를 보고 수긍하기는커녕 갈색 피부의 엄마를 한 번 쓱 보더니 돌아서서

---

10   나르키소스의 영어식 발음.

그 길로 가버렸다.

　이렇게 거부당하긴 했지만, 엄마는 처음에는 행복한 부부 사이에서 태어난 것처럼 보였다. 엄마를 애지중지하는 할머니와 바다에서 딸의 소식을 간절히 기다리는 할아버지 사이에서. 엄마가 태어나고 얼마 후에 같이 찍은 사진에서 활짝 미소 짓고 있던 할머니의 치아는 희고 완벽했다. 할머니는 밖에 내놓은 등의자에 앉아 단단히 싼 갓난아기를 안아서 얼굴에 대고 있었다. 행복에 가득 찬 몸짓이었다. 하지만 이 사진은 또 다른 이야기를 넌지시 들려주고 있기도 하다. 할머니의 발목을 스칠 정도로 높이 자란 풀 속에서, 마치 바람에 움직이는 것처럼 구부러진 풀잎에서 그 이야기를 볼 수 있다. 마치 그 액자 속에서 사람들이 다 안다는 듯한 목소리로 경고하며 속삭이는 것 같은 소리를 들을 수 있다. 발밑의 풀이 자라게 놔두는 거 아니에요. 엄마가 태어나고 거의 1년 후 할머니는 남편인 랠프가 또 다른 아내를 맞아들인 사실을 알게 됐다. 하지만 그때 할머니가 할 수 있는 것이라곤 이혼 신청을 하고, 짐을 싸고, 기차를 타고, 갓난아기인 엄마를 무릎에 앉힌 채 고향인 미시시피로 다시 돌아가는 것뿐이었다. 할머니가 그 징후를 읽었더라면, 이런 일이 일어날 것이라는, 상황이 눈에 보이는 것과는 다르다는 사실을 좀 더 일찍 알았을지도 모른다. 할머니의 결혼은 시작과 동시에 떠난 여행에서 차창 밖으로 지나가는 세상을 봤을 때 이미 끝나버렸다.

엄마는 그 후에 자신의 아버지를 딱 한 번 봤다. 할머니의 말에 따르면 엄마는 열여섯 살 때 친부를 한번 만나봐야겠다고 결심했다. 아마 왜 그런 짓을 했는지 물어보기 위해서였을 것이다. 그때 그는 캘리포니아에 살고 있었고, 중혼을 한 그 여자와 여전히 부부로 살고 있었다. 엄마가 기차를 타고 혼자 로스앤젤레스까지 갈 수 있도록 할머니가 주선했다. 엄마는 그곳에 딱 일주일 동안 가 있었고, 집에 돌아왔을 때 할머니에게도, 나에게도 다시는 할아버지에 대해 말하지 않았다.

나는 클 때 이 이야기를 들어서 알고 있었다. 엄마의 인생이 할아버지에게 버림받으면서 시작됐다는 걸, 그 여행에서 엄마는 그걸 다시 확인했고, 그 사실을 계속 돌이켜 생각하면서 성장했다는 걸 알고 있었다. 할머니는 자신의 집에 있는 긴 복도 끝의 문 뒤에 랠프 턴바우의 초상화를 걸어놨다. 프렌치쿼터의 잭슨 광장에 있는 거리의 예술가가 목탄으로 그린 것이었다. 초상화에서 할아버지는 미국 해군 제복을 입고 있었다. 그는 대단한 미남이었다. 높은 광대뼈에 또렷한 턱선, 풍성한 입술 같은 특징이 엄마와 똑같다는 점을 나는 알아차렸다. 아마 부녀가 그렇게 닮았기 때문에 할머니는 그 초상화를 없애버리지 못했을 것이다. 눈에 안 보이는 곳에 치워놓긴 했지만 그것은 여전히 그 자리에 남아 있었고, 그의 부재는 마치 아내와 딸을 매일 배신하는 것처럼 집 안을 떠돌았다. 언제고 내가 책장에 가기 위해 복도를 지나 그 문으로 들어갈 때면, 꿈에서 본 그 문지방에서 나 역시 그 사실을 다시 떠올리곤 했다.

*

뉴올리언스에 있을 때 엄마와 나 단둘이선 거의 밖에 나가지 않았다. 다만 아빠가 캠퍼스에 있는 그의 연구실이나 도서관에서 연구 중일 때 엄마가 날 데리고 시내에 쇼핑하러 간 적은 몇 번 있었다. 우리는 툴레인 대학 근처 시 외곽에 있는 아빠 아파트에서 전차를 타고 세인트찰스 대로까지 갔다. 엄마는 세인트찰스 대로를 따라 죽 늘어서 있는 큰 집들을 무척 좋아했다. 그 하얀 기둥들과 베란다들, 그 뒤에 있는 파릇파릇한 관목들과 환한 색깔의 부겐빌레아, 꼭대기에 검은 백합 문장이 있는 연철 담장들을 좋아했다.

엄마는 전차를 타고 가면서 가끔 읽고 있던 소설책에서 고개를 들어 자신이 좋아하는 사물들을 손으로 가리켰다. 나는 명멸하는 가스등의 영원한 불꽃, 그것을 유리 속에 가둬놓은 우아한 철제 프레임을 보고 경이로워하면서 저렇게 기품 있는 집에 사는 사람들의 삶은 어떨까 궁금해했다.

시내에 도착하면 우리가 과감하게 프렌치쿼터로 들어가는 일은 절대 없었고, 대신 카날 스트리트를 따라 있는 메종블랑슈, 고드쇼, D. H. 홈스 같은 여러 백화점에서 몇 시간씩 보냈다. 엄마는 거기 진열된 드레스들을 꼼꼼히 뜯어본 후에, 나와 같이 카날 스트리트를 걸어가서 잡화점에 들어가 집에서 드레스나 정장을 만들기 위해 보그나 버터릭 같은 옷본을 샀다. 엄마의 옷장은 엄마와 할머니가 만든 옷으로 가득 차 있었다. 나는 그 옷들의 촉감과 거기서 풍기는 엄마 향수의 잔향을 사랑했다. 아빠와 숨바꼭질 놀이를 할 때면 종종 그 옷장 속에 들어가 몸을 옹송그리고 앉아서 모직 옷에서 풍기는 흙 같은 냄새와 라벤더 향주머니의 향기를 한껏 들이마셨다.

엄마가 옷본들을 늘어놓고 옷감에다 핀으로 고정한 후 핑킹가위로 그 윤곽선을 따라 자르는 동안 나는 혼자 나가서 아빠의 아파트 근처를 탐험했다. 갈라지고 찌그러진 보도들, 아주 오래됐지만 살아 있는 오크나무의 땅 위로 노출된 뿌리들, 물방울이 뚝뚝 떨어지는 창문형 에어컨, 축축한 냄새가 나는 이끼가 달라붙은 포석. 나는 그 위에서 민달팽이들이 지나간 희미한 흔적들을 볼 수 있었다. 어느 날 오후, 길 하나를 건너자 나와 나이 차이가 별로 나 보이지 않는 아이들 한 무리와 우연히 마주쳤다. 그들은 생일 파티를 하고 있었는데 나는 아주 천천히 그 옆을 걸어가면서 그들이 마당 안에 들어와서 같이 놀자고 초대해주길 바랐다. 그런데 거기 있는 몸집이 큰 남자아이 하나가 나를 손으로 가리키며 외쳤다. "얼룩말이다! 잡아라!" 그는 제일 먼저 나에게 도착했고, 그가 날 밀쳤을 때 나도 그를 땅바닥으로 밀어버리고 도망쳤다. 그들이 날 쫓아왔다. 다 해서 열 명 정도 되는 아이들이 그 블록 끝까지 죽자고 쫓아왔다.

나는 나와 관련해서 그 단어—얼룩말—를 들어본 적이 없었고, 아파트 계단에 앉아 그 비유의 의미를 알아내려고 애를 쓰는 와중에도 부모님에게는 무슨 일이 있었는지 말하지 않기로 했다. 내가 부모님을 보호하고 있다고 생각했던 것일까? 아니면 그거 말고 다른 이유로 내가 침묵했을까? 내가 불쌍하다고 느끼진 않았다. 그랬다면 그 아이와 맞서 싸웠을 것이다. 하지만 어쩐지 이 일은 혼자만 알고 있어야 한다는 걸 나는 알고 있었다.

　내가 기억하는 한 아주 오래전부터 아빠는 내가 언젠가는 작가가 되어야만 할 거라고 말해왔다. 내가 겪은 경험의 특성상 나에게 해야 할 말이 생길 것이기 때문이라고 했다. 그 순간을 되돌아볼 때면, 아빠가 한 말의 의미를 적어도 일부는 그때 처음으로 눈치챈 것 같다. 나는 거기에 오랫동안 앉아 있었고, 내 시선은 내 앞에 있는 보도 위에 마치 쉼표 같은 모양으로 구부러진 검은 민달팽이 한 마리에 향해 있었다.

*

　얼마나 오랜 시간이 흐른 후에 아빠를 보러 뉴올리언스로 가는 횟수가 점점 줄어들기 시작했는지는 알 수 없다. 인제 와서 생각해보면 부모님이 서로를 보러 갔던 일은 대체로 나를 위해서였던 것 같다. 아마 임박한 별거와 이혼에 나를 대비시키기 위한 시도였을 것이다. 넌 우리 두 세계의 가장 좋은 면만 가지고 있는 아이야. 부모님은 이 말로 나를 안심시키려고 애썼고, 이 영구적인 이별은 이제 내게 집이라고 부를 두 개의 가족과 두 개의 집이 생길 거라는 뜻이었다. 우리가 아빠를 보러 갔던 마지막 방문 중 하나에서 아빠가 그림을 한 장 그렸다. 그것은 뉴올리언스, 미시시피, 애틀랜타 간의 길을 실제와 다른 비율로 그린 지도로, 도로 위아래를 가리키는 화살표들이 들어가 있었다. 이것은 아버지와 딸로서 우리의 삶을 규정하게 될 여행의 순환을 구성한 지도였다. 제일 밑에 아빠의 주소가 있었고, 그 옆에 손 두 개와 작은 머리가 달린 사람이 만화처럼 그려져 있었다. 아빠의 눈과 얼굴 위쪽 반만 그려져 있는 모습이 마치 내가 있는 곳을 찾기 위해 지도 가장자리 너머를 보는 듯한 표정이었다. 매번 아빠가 내게 보낸 편지에 그 작은 사람이 거기 있었다. 페이지 어딘가에 아빠의 대리인 격으로.

내 상황에 대한 부모님의 이야기와 나를 안심시키기 위해 그들이 한 단호한 말들을 내가 얼마나 전적으로 받아들였는지 깨닫기까지 아주 오랜 시간이 걸렸다. 살아오면서 나는 항상 자신에게 말했다. 이 이별이 나는 괴롭지 않다고, 심지어는 그때도 나는 괜찮다고 되뇌었다. 그 후 아주 오랫동안 나 자신에게 들려줘야 했던 수많은 이야기 중 이것이 그 첫 번째였다는 사실을 이제 나는 알고 있다.

그 당시 마지막으로 찍은 사진 중 하나는 미시시피를 떠나기 1년 전 나와 엄마를 찍은 것이었다. 아마 아빠가 카메라를 들고 그 자리에 있었을 것이다. 어쩌면 아닐 수도 있고. 사진에서 엄마와 나는 둘 다 보라색 드레스를 입고 있다. 엄마는 페이즐리 드레스를, 나는 벨벳 드레스를. 엄마는 그때 막 아프로 헤어스타일을 하기 시작했는데 머리 주위로 불그스름한 후광이 비치는 것처럼 보인다. 우리는 할머니 집 거실에 있고, 엄마는 덮개를 씌운 커다란 의자에 앉아 있다. 나는 엄마에게 바짝 붙어 서서 엄마의 어깨를 향해 얼굴을 기울이고 있어 우리 둘의 얼굴이 닿을 듯 말 듯 하다. 나를 향해 고개를 기울인 엄마는 애정을 듬뿍 담은 표정으로 나를 바라보고 있고, 나는 미소를 지은 채 새치름하게 엄마가 아닌 다른 곳을 보고 있다. 내 드레스의 칼라 위에 하트 모양의 목걸이 하나가 걸려 있다. "네 얼굴형하고 똑같구나." 엄마는 두 손으로 내 얼굴을 부드럽게 잡고 말했다.

그 사진에는 흠이 하나 있다. 엄마의 얼굴 한가운데 하얀 점이 하나 있는데 이미 거기서부터 엄마가 사라지고 있는 것처럼 보인다. 그 점을 여러 개로 늘리고, 그 크기를 우리가 애틀랜타에 도착한 해부터 12년 동안 매년 두 배로 키우면 끝 무렵에는 엄마는 완전히 사라지고 엄마가 있던 그 자리만 남아 있게 될 것이다. 엄마의 아프로 헤어 모양 혹은 태양과 같은 모양의 구멍만.

2장

종착역

오랫동안 나는 1973년부터 1985년까지 12년의 세월을 최대한 잊어버리려고 애썼다. 내 과거에서 그 부분은 도려내고 싶었다. 그것은 자기 창조의 행위로, 그렇게 해서 의식적으로 기억하기로 한 것으로만 이뤄진 사람이 되고 싶었다. 나는 엄마와 내가 미시시피를 떠난 직후의 연도를 끝으로 설정하고, 상실의 순간—엄마의 죽음—을 시작으로 달력에 표시했다.

그 두 해는 당시 내 책상 위에 놔뒀던 한 쌍의 북엔드와 같았다. 두 개의 작은 구체 모양으로 세피아색 세계지도가 찍혀 있는 그 북엔드들이 내가 좋아하는 책 몇 권—《폭풍의 언덕》《위대한 개츠비》《팔월의 빛》—을 양쪽에서 받치고 있었다. 의식적으로 망각하려는 시도 속에서 나는 두 개의 북엔드 사이의 거리를 무너뜨렸다. 내 행복한 유년기의 세계가 끝나는 해를 갑자기 엄마 없는 아이가 된 신세계의 해 바로 옆으로 힘껏 밀어붙인 것이다. 나란히 서 있는 1973년과 1985년 사이엔 그 어떤 책도 없고, 내가 차마 기억할 수 없는 이야기가 쓰인 그 어떤 페이지도 없었다. 하지만 의식적인 망각에는 위험이 깃들어 있다. 너무 많은 걸 잊어버리려 하다간 그걸 통째로 잃어버릴 수 있다. 내게 가장 필요할 때 엄마를 다시 떠올리기가 더 힘들어졌다.

물론 우리는 우리가 잊어버린 것들, 우리가 묻어버리거나 억누르려고 애쓰는 것들로 이뤄진 존재이기도 하다. 어떤 망각은 필요하고, 극히 고통스러운 일들로부터 우리를 보호하려고 망각이 작동하기도 한다. 그렇다 해도 트라우마의 일부는 우리의 몸속에 계속 살아 있다가 예상치 못한 순간에 다시 나타나기도 한다. 내가 과거를 묻어버리려고 애를 쓰고 있을 때조차도, 그 잃어버린 세월에서 자꾸 돌아와 멋대로 되살아나는 순간들이 있다. 그 기억들은―어떤 기억들은 거슬리고, 어떤 기억들은 사랑스러운데―지금의 나에게 좀 더 큰 의미가 있는 것처럼 느껴진다. 마치 길에 있는 표지판처럼. 이제는 그 길을 볼 수 있다. 계시의 순간, 운명이 움직이기 시작했다는 증거를 찾기 위해 내가 그

길을 따라 과거로 돌아가봤기 때문이다. 엄마와 내가 애틀
랜타로 이사 간 초반에 이런 장면이 있었다.

겨울의 초저녁이다. 내가 지켜보고 있는 동안 엄마는 수업
을 받으러 갈 때 입었던 옷을 벗고 일할 때 입는 옷으로 갈
아입고 있다. 나는 내 방에서 엄마를 볼 수 있다. 그것은 엄
마의 방 바로 옆에 있는 아주 작은 방으로 1인용 침대 하나
로 가득 찼다. 학교에서 집으로 오는 길에 엄마를 위해 꺾어
온 수선화가 엄마의 화장대 거울에 비쳐 두 배로 늘어나 있
다. 엄마를 지켜보는 동안 하늘이 어두워지고, 내 위쪽 유리
창에 비친 가로등마다 불이 들어온다. 그때 아파트에는 엄
마가 일하러 간 동안 나를 돌봐줄 누군가가 분명 있었을 텐
데 그건 기억이 나지 않는다. 나는 그저 내가 잠들 것이고,
아침이 되면 엄마가 다시 집에 있을 거라는 사실만 알고 있
다. 그래서 나는 엄마가 나갈 때까지 자지 않는다. 엄마는
언더그라운드애틀랜타에서 웨이트리스로 일할 때 입는 유
니폼, 몸에 착 달라붙는 검은 레오타드와 청바지를 입고, 날
씬한 엉덩이 주위로 축 늘어지는 묵직한 황동 총알들로 만
든 벨트를 차고 나간다. 이제 그 장면이 선명하게 보인다.
나의 젊은 엄마가 내게 키스하기 위해 허리를 숙이고, 그 탄

환들의 차가운 금속이 내 손을 스치고, 엄마의 몸이 엄마를 죽이게 될 그 물건들로 둘러싸여 있는 모습이.

*

1972년 늦여름에 엄마와 나는 미시시피를 영원히 떠났다. 엄마가 라디오에서 나오는 노래를 따라 부르는 동안 나는 차창 밖으로 스쳐 지나가는 소나무 숲을 보고 있었다. 내 기억에 그건 항상 같은 노래였다. 템테이션스의 '내 상상일 뿐(Just my Imagination)'. 다만 그럴 리가 없다는 건 알고 있다. 그 노래는 1971년에 처음 발매됐기 때문에 그렇게 자주 방송에 나왔을 리 없었고, 하루 내내 가는 자동차 여행에서 그렇게 계속 나올 수도 없었다. 떠나기 전에 나는 엄마가 그 노래를 부르는 모습을 수도 없이 봤다. 엄마는 오후의 햇살을 등진 채 다리미판 위로 몸을 천천히 흔들면서 그 노래를 불렀다. 심지어 지금도 나는 바로 그 순간 엄마의 모습을 떠올린다. 엄마가 계속해서 전축의 바늘을 레코드의 그 곡에 맞춰 올려놓던 그 모습을. 그것은 나에게 남아 있는 기억 중 엄마가 아주 생기 넘치게 보이는 몇 안 되는 이미지 중 하나다. 대부분의 다른 기억에서 엄마 위에 드리워져 있는 짙은

먹구름이 없는 이미지. 나는 언제나 그 베일 같은 어둠을 통해 모든 걸 볼 수밖에 없었다. 그건 마치 앞으로 일어날 일이 이미 우리 앞에 펼쳐져 있고, 우리가 즐겁게 차를 타고 향하는 곳에서 이미 우리의 운명이 결정된 것 같았다.

엄마는 내가 태어나기 아주 오래전부터 미시시피를 떠나려고 생각하고 있었다. 내 아빠가 될 남자에게 보낸 여러 통의 편지에서, 엄마는 자신이 사는 주에서 인종 간의 관계와 흑인을 위한 기회를 향상하기 위해 해야 할 일이 이렇게 많은 시기에 떠나고 싶어 하는 자신의 욕망을 한탄했다. "나는 여기서 벗어나고 싶어요. 하지만 내 고향에 내가 필요한 존재란 걸 알아요." 엄마는 이렇게 편지에 썼다. 1964년 여름이 끝나갈 무렵 더 나은 곳으로 옮기고 싶은 엄마의 욕망이 이곳에 남고자 하는 엄마의 의지를 뛰어넘었다. 미시시피를 벗어난 것은 엄마에게 눈이 번쩍 뜨이는 경험이었다. 그 몇 달 동안 엄마는 남부에 있는 몇 개의 대도시에서 지내면서 멀찍이서 고향에서 일어나는 사건들을 지켜봤다. 어두운 밤과 대조적으로 휘황찬란하게 밝은 도시의 스카이라인을 찍은 엽서 뒷면에 엄마는 아빠에게 이렇게 썼다. "애틀랜타는 흥미로워요. 나중에 만나면 그 이야기를 해달라고 잊지 말고 말해줘요……."

신남부[11]의 출현을 집약적으로 보여주는 도시에 엄마가 끌린 것은 당연하다. 흑인 민권운동 시기에 애틀랜타는 인종적으로 진보적인 도시라는 명성을 얻었고, 격동의 1960년대의 여파 속에서 이 도시는 시 지도자들에게—풍자하려는 의도는 전혀 없이—'너무 바빠서 혐오할 틈도 없는 도시'라는 별명을 얻게 된다. 하지만 그러기 오래전에 이 도시에는 원래 다른 이름이 있었다. 1837년에 설립된 애틀랜타는 '노선의 끝'으로 형성되기 시작했다. 선로의 합류 지점으로 삼으려 했던 이 도시는 원래 '종착역'이란 이름으로 불렸다.

우리가 그곳에 도착했던 순간을 나는 떠올린다. 우리는 하루 종일 차를 타고 왔고, 우리의 전 재산을 싣고 온 차의 트렁크는 보도에 질질 끌려오다시피 했다. 우리가 주간 고속도로 20번을 달려서 시 외곽에 도착했을 때 갑자기 나무들 위로 애틀랜타의 스카이라인이 불쑥 솟아오른 것처럼 보였다. 늦은 오후의 기울어가는 햇살 속에서 그것은 환한 하늘을 배경으로 종이에서 오려낸 어두운 풍경이 겹쳐져

---

11   경제적 번영과 인종차별 철폐를 제창하는 것을 슬로건으로 내건 1960년대에 시작된 시대.

있는 2차원의 평면인 것처럼 보였다. 엄마가 그 엽서의 이상적인 이미지를 마음속에 품고 있었다면, 여기서부터 우리가 한 여행에 관한 이야기가 갈라진다. 아빠에게 보낸 편지에서 엄마는 낙관적으로 말했다. "여행은 좋았어. 여덟 시간밖에 안 걸렸고." 그게 다였다. 하지만 내가 기억한 그 여행은 엄마가 묘사한 것처럼 그렇게 순탄하지 않았다. 그보다는 오히려 하늘을 향해 들어 올린 차의 덮개에서 연기가 피어오르던 기억이 계속 떠오른다. 이 일이 일어난 건 알고 있지만 그게 대체 언제였을까? 아마 그 몇 년간의 트라우마 때문에 시간의 경계가 무너지면서 우리가 그곳에 도착한 후 몇 주 동안 일어났던 일들과 도착한 그날 일어났던 일에 대한 기억이 다 합쳐졌는지도 모른다. 아니면 아마 종종 그랬던 것처럼 엄마가 자신이 처한 상황에 대한 진실을 숨겼는지도 모르고. 이 경우에는 그 이유를 짐작할 수 있다. 아빠는 항상 엄마에게 차 정비를 잘하고, 엔진오일을 제때 갈고, 냉각수 수치도 떨어지지 않게 관리하라고 잔소리를 해댔다. 엄마는 자신이 차 관리를 제대로 하지 않았다는 것을, 특히 나와 같이 장거리 여행을 떠나기 전에 그랬다는 사실을 아빠에게 알리고 싶지 않았을 것이다.

내 기억에 남아 있는 내용은 바로 이것이다. 엄마가 엔진을 끄고, 핸들을 꽉 쥔 채 차가 저절로 움직여서 고속도로 옆으로 가게 놔둔다. 차가 멈췄을 때 엄마가 가슴에 성호를 긋고 아무 소리도 내지 않은 채 입술을 달싹이는 모습을 봤다. 그것은 내게 익숙한 제스처였다. 헤드스타트 프로그램에서 수녀님들이 그러는 걸 본 적이 있었다. 하지만 침례교를 믿으며 성장한 엄마가 그때 왜 그렇게 했는지는 알 수 없었다. 그로부터 10년도 훨씬 넘은 후에야 엄마가 가톨릭 신자로 개종했다는 사실을 알게 됐다. 수년간 엄마가 그렇게 성호를 긋는 모습을 종종 봤음에도 불구하고. 그때 나는 그 것을 기도라기보다는 부적에 가까운 것으로 생각했다.

아주 오랜 시간이 흐른 것처럼 느껴지는 동안 우리는 가드레일에 기대서서 도와줄 사람들이 오기를 기다렸다. 엄마가 날 꼭 끌어안고 있었고, 차들이 휙휙 소리를 내며 우리 옆을 지나갔다. 엄마는 내가 사랑하는, 넓적한 벨트로 가는 허리를 바싹 조인 반바지의 라임색 점프슈트를 입고 있었다. 그래서 만화책에 나오는 히로인처럼, 여전사 원더우먼과 공중에서 휙 날아와서 위기를 해결하는 슈퍼맨이란 관념을 사랑하는 아주 똑똑한 전문직 여성 로이스 레인[12]을

---

12   슈퍼맨의 여자 친구.

반씩 섞어놓은 것처럼 보였다. 나는 그때 엄마에게 찰싹 달라붙어서, 골이 지게 짠 그 옷감에 뺨을 댄 채 고개를 비딱하게 들어 저 멀리 언덕이 많은 지형에 있는 도시를 올려다봤다. 차에서 나온 연기가 스카이라인을 향해 구불구불 올라가는 동안 언제고 우리가 가진 모든 것이 불에 싹 다 타버릴 것 같다는 생각을 하지 않을 수 없었다.

*

아마도 그것은 과거에 일어난 사건들의 의미를 이해하고 서술적 맥락을 찾기 위해, 그때는 우리가 관심을 기울이지 않았던 징후들을—과거를 돌아보니—읽기 위해 고심하고 있을 때 마음이 부리는 속임수일 것이다. 미시시피로 떠나기 전 며칠 동안 나는 자주 울면서 여기를 떠나지 않기를, 우리 계획에 무슨 일이 생겨서 할머니랑 계속 같이 살고 아빠와 다른 친척들과도 가까운 곳에 계속 살 수 있기를 말없이 바랐다. 이제 소화기를 든 견인차 기사의 모습과 엄마가 불안해하는 모습을 지켜보고 있으려니 마치 내 행동 때문에 우리에게 불행이 찾아온 것처럼 이 곤경에 대해 조금 책임감이 느껴졌다.

나는 그때도 이미 미신을 믿는 아이였기 때문에 보도를 걸을 때 갈라진 틈은 피해서 걸었고, 할머니가 비질할 때면 빗자루가 내 발에 닿지 않도록 옆으로 돌아갔고, 만약 발이 닿으면 거기에 침을 뱉었다. 그리고 슈거 할머니 집 식탁 앞에 앉아 있다가 소금을 쏟았을 때는 소금을 한 줌 집어서 어깨 너머로 던졌다. 그리고 내가 일부러 했거나, 혹은 그보다 더 나쁘게 무심코 했던 행동으로 인해 뒤따라오게 될 불운에 대처하기 위해 주문을 읊조리기도 했다. 그 모든 것이 '악마를 가까이 오지 못하게 하기 위한 것'이라고 슈거 할머니가 말했다. 그리고 아이들이 대부분 그런 것처럼, 나에게도 조금 강박적인 면이 있었다. 예를 들어, 내 장난감들은 모두 정확히 각도를 맞춰서 일정한 간격을 두고 정리돼 있어야 했다. 그 장난감들의 배치에 얼마나 세심하게 주의를 기울였는지 누가 건드렸다면 금방 알아볼 수 있을 정도였다. 신발 끈 매는 법을 배운 순간부터 나는 좌우 대칭에 집착해서 양쪽 신발 끈이 정확히 같은 강도로 묶여 있어야 했다. 가끔은 대칭을 맞추기 위해 신발 끈을 몇 번이나 풀었다가 다시 매곤 했다. 그때 이미 나는 적어도 이건 내가 통제할 수 있는 거라고 느끼기 시작했다.

인지 이론가들 사이에는 좀 거슬리지만 평범한 생각들

을 잘못 해석하면 집착과 강박적인 행동으로 변할 수 있으며, 이런 행동들과 유년기의 미신, 그리고 부모의 이혼, 이사, 사랑하는 이와의 사별 같은 환경적 요소 사이에 연관성이 있다는 믿음이 있다. 나의 평범한 유년기의 미신이 강박에 좀 더 가깝게 변한 순간이 언제부터였는지는 알 수 없다. 그것은 단번에 일어났다기보다는 계속 쌓여가면서 변했을 가능성이 크다. 아마도 낯선 도시의 도로변에 서 있던 그 긴장된 순간에 내 불안을 잘못 해석하면서 인과관계에 대한 잘못된 관념이 형성된 것이다. 나는 엄마에게 매달려선 채로 손가락 두 개를 내 얼굴에 대고 내 이마에서부터 코와 입의 윤곽을 따라 훑어내렸다. 나는 좌우 양쪽에 완벽하게 같은 압력을 가해 제대로 누르기 위해 그 동작을 계속 반복했다. 견인차가 도착해서 엄마가 성호를 그었을 때, 내 동작은 분명 엄마를 다소 틀리게나마 흉내 낸 것처럼 보였을 것이다.

*

우리가 도착한 애틀랜타라는 도시는 인구학적, 사회적, 정치적으로 급격한 변화의 한가운데 있었다. 불과 10년 전,

이곳의 학교들은 공식적으로 인종차별 정책을 철폐했다. 애틀랜타 남서쪽에 흑인들이 백인들이 사는 동네로 이사 오는 걸 막기 위해 세웠던 물리적 장벽들이 법원 명령으로 제거됐고, 서서히 진행되던 백인 주민들의 교외 이주가 갑자기 급증했다. 1960년대에 흑인들은 이 도시 주민의 3분의 1도 안 됐지만 1970년대가 되자 이들이 시 인구의 절반이 넘었다. 전에는 백인들만 살던 지역에 엄마는 우리 둘이 살 아파트를 구했다. 내가 새로 다니게 될 베니션힐스 초등학교에서 그리 멀지 않은 2세대용 주택이었다.

1962년의 7학년 학급을 찍은 사진에서는 백인만 보였다. 그러다 1972년 가을에 내가 1학년으로 입학했을 때 내 반에는 백인 학생이 하나도 없었고, 학교 내 다른 반에서도 백인 학생은 본 기억이 없다. 교사들은 대부분 흑인이었지만 교외로 직장을 구하러 떠나지 않고 남아 있는 백인 교사도 몇 명 있었다. 남아 있는 교사들과 새로 고용한 흑인 교사들은 흑인들의 역사를 배우는 달[13]뿐만 아니라 1년 내내 아프리카계 미국인들의 역사와 문화적 기여를 포함한 교과 과정을 채택해서 새로운 인종의 학생들을 받아들였다. 교

---

13   매년 2월, 미국 역사에서 지워져온 흑인들의 역사를 배우고 기리는 기간.

과서들과 학교에서 인종차별 정책이 폐지되기 10년 전에 쓰이다가 남은 《딕 앤드 제인》 읽기 교재들만이 흑인들을 배제했던 세상의 모습을 보여줄 뿐이었다.

베니션힐스의 벽은 아이다 웰스[14], 제임스 웰던 존슨[15], 랭스턴 휴스[16], 메리 매클라우드 베순[17]과 같은 훌륭한 흑인 남성들과 여성들의 얼굴로 장식돼 있었다. 매일 우리는 글쓰기 연습을 하면서 줄이 쳐진 노트에 글을 쓴 후 이들의 이야기를 열심히 들었다. 우리는 망치를 휘두르는 존 헨리에 대한 노래를 불렀고, 선생님을 따라서 던바의 사투리로 쓴 시들을 암송했고, 존슨이 쓴 〈천지창조〉라는 희곡을 우리 손을 써서 실제로 연기했다. 그리고 태양을 만들고 남은 그 빛 / 하느님이 그걸 모아서 번쩍번쩍 빛나는 공처럼 만들어 / 어둠에 대고 던져 / 밤을 달과 별들로 장식했다. 학교에 있을 때면 멀긴 하지만 또 다른 무리의 조상들이 나를 둘러싸고 있는 것 같았다. 그 여운에 푹 젖은 나와 우리 반 친구들은, 여기 남아서 자식들을 우리와 같은 학교에 보내느니 차라리 이 동

---

14 미국의 탐사 저널리스트, 교육가, 흑인 민권운동가.
15 미국의 작가이자 흑인 민권운동가.
16 미국의 시인, 소설가.
17 미국의 교육가, 자선사업가, 페미니스트.

네를 떠나버린 백인들의 냉정한 태도로부터 보호받는 느낌을 받았다. 조례할 때 교사들은 흑인의 국가와도 같은 '모두 목소리 높여 노래하라(Lift Every Voice and Sing)'를 미국 국가 '별 빛나는 깃발(The Star-Spangled Banner)'을 부를 때만큼이나 열정적으로 가슴에 손을 대고 부르게 이끌었다.

학교는 이곳에서 제일 먼저 집처럼 편하게 느껴지기 시작한 곳이었다. 나는 혼자서 버스를 타고 학교를 오갈 수 있었고, 오후에는 버스를 타지 않고 몽상에 빠져 천천히 걸어가면서 보도를 따라 피어 있는 노랑 데이지나 노랗거나 하얀 수선화를 꺾어서 아파트에서 날 기다리는 엄마에게 돌아갔다. 우리의 일상은 주중에 아빠가 학교에 있느라 세상천지에 우리 둘만 있었던 미시시피 시절과 크게 다르지 않았다.

그래도 새로운 곳에서 사는 건 쉽게 익숙해지지 않았고 나는 잠을 자다 종종 깨곤 했다. 복층 아파트는 거대하고 텅 빈 것처럼 느껴졌다. 1층의 긴 계단 뒤에 있는 텅 빈 곳은 밤에는 마치 동굴로 들어가는 입구처럼 보였다. 그곳은 미시시피를 떠나기 전부터 커지기 시작한 아이 특유의 두려움을 고조시키기에 충분한 곳이었다. 어둠 속에 무서운 뭔가가 있을지도 모른다는 두려움이었다. 내 친구인 디디와 나는 우리 할머니 집에 있는 속이 깊은 벽장 속이 무서워서 오랫동안 들여다보지도 못했다. 그래서 우리는 거기 도사리고 있는 것의 정체에 관한 이야기를 지어서 서로 들려주며 놀았다. 디디는 악마가 어떻게 사람들을 잡아서 지옥으로 끌고 가는지, 어떻게 땅이 갈라지고 악마가 내 발목을 잡아서 땅속으로 끌고 내려가는지에 대한 이야기를 들려주거나, 혹은 들어가선 안 될 문으로 들어갔다가 자신이 지옥에 있다는 걸 깨닫게 될지도 모른다는 이야기를 들려줬다. 우리는 암막 블라인드를 쳐서 대낮에 방을 한밤중처럼 어둡게 해놓고 블러디 메리 놀이도 했다. 우리는 거울 앞에 서서 번갈아가며 블러디 메리 여왕을 불러내려 했다. 우리는 거울에 그녀가 나타날 수 있도록 그녀의 이름을 세 번 불렀다. 둘 중 하나가 세 번째 호명을 끝내자마자 다른 하나는 우리를 보호해달라고 성 크리스토포루스를 불렀고, 다른 하나는 블라인드를 확 잡아채 열어서 방 안을 환한 햇살로 가득 채워 우리가 불러낸 것의 정체가 뭐든 얼른 사라지게 했다.

이제 안전한 할머니 집을 떠났으니 나를 두렵게 만드는 것을 그렇게 쉽게 사라지게 할 수 없었다. 밤에 화장실에 가야 할 때는 엄마 화장대 거울에 무서운 것이 보일까 봐 눈을 꼭 감고 갔다. 그리고 계단 밑에 있는 그곳에 도사리고 있는 것을 보게 될까 두려워 물 한잔 마시러 부엌에 내려가지도 못했다.

엄마는 내가 이 새로운 곳에 적응해서 행복하게 지낼 수 있도록 돕겠다고 굳게 결심했다. 어느 날 오후 엄마는 계단 밑에 있는 그 공간을 장식해서 날 위한 놀이방으로 만들겠다는 아이디어를 냈다. 거기를 환하게 만드는 대신, 우리는 어둠을 '이용'하기로 했다. 마치 밤의 정신이 활동하는 것처럼 창의적이면서 비옥한 꿈의 공간으로 만들겠다는 계획이었다. 필요한 것은 모두 중고품 할인상점에서 찾아냈다. 그 좁은 공간의 천장 전체를 가리고 입구에 드리울 만큼 크고 넓적한 검은 벨벳 천 한 필을 발견한 것이다. 우리는 판지와 은박지로 별들을 만들었고, 아주 작은 빛이라도 잡아낼 수 있게 스티로폼으로 만든 여러 개의 공에 반짝이를 뿌려 행성들을 만들었다. 출입구 위쪽에 엄마는 이렇게 쓴 표지판을 걸었다. 별 밑 나타샤의 방.

거기에 작은 테이블과 의자와 램프 하나를 놓고, 내 책들과 나의 보물인 골무와 실꾸리 두 개, 할머니가 교회에서 쓰시던 수제 비단부채를 다 놓을 수 있는 선반 하나를 달았다. 우리가 미시시피를 떠나던 아침 할머니는 그 물건들을 선 할아버지의 낡은 시가 상자 속에 다 넣었다. "넌 사랑하기 참 쉬운 아이야." 할머니는 그렇게 말하고 날 끌어안으며 내 얼굴에 흐르는 눈물을 닦아줬다. 거기서 그 상자를 열어볼 때마다 그곳은 친숙한 향기로 가득 찼고, 나는 거기 앉아 마음속으로 할머니의 집 풍경 하나하나를 다 떠올렸다. 나는 학교에서도 쉬는 시간에 내 이야기를 들어줄 아이들이라면 누구와든 같이 이렇게 하기 시작했다. 우리가 떠난 집의 기억을 거듭거듭 떠올리는 것은 나를 위로하기 위해 시작된 일이었다. 나는 매일 방마다 어떤 물건들이 어떻게 놓여 있었는지, 우리 집을 둘러싼 마당과 수로가 어떠했는지를 생생하게 묘사했다. 아마도 그래서 애틀랜타로 이주한 첫해에 대부분의 일상보다 그 부분이 더 선명하게 기억에 남아 있는 건지도 모르겠다. 그때 나는 간직할 필요가 있다고 생각한 것들을 잃어버리지 않도록 이미 말로 옮기기 시작했다.

*

이곳에 도착하고 얼마 후에 끔찍한 꿈을 꿨다. 나는 다시 할머니 집으로 돌아가 마당에 있었는데 땅이 흔들리기 시작했다. 밑을 내려다본 나는 땅이 갈라지면서 내가 서 있는 곳에 아주 깊고 큰 틈이 생긴 걸 볼 수 있었다. 그 틈이 벌어지는 동안 나는 양발을 틈 위쪽 땅바닥에 좌우로 하나씩 디딘 채 서 있었다. 잠이 깼을 때 그 심란한 이미지들을 엄마가 가르쳐준 대로 행복한 이미지들로 바꿔보려고 애썼다. 나는 밝고 다채로운 색깔의 꽃들과 캔디를 마음속에 그려봤다. 그리고 단어 뜻이 생각나지 않을 때까지 '수선화'와 '막대 사탕'이란 말을 계속 읊조렸다. 나는 어둠 속에서 혼자 자신을 달래가면서 옆방에서 자는 엄마의 숨소리의 리듬과 내 리듬이 같아질 때까지 듣다가 다시 잠이 들었다.

우리는 대체로 같이 시간을 보냈다. 엄마는 낮에는 책을 가지고 현관 입구 계단에 앉아서 내가 사방치기 놀이를 하거나 자전거를 타고 아파트 앞에 있는 보도를 왔다 갔다 하며 노는 모습을 지켜봤다. 토요일마다 우리는 외출했는데, 주로 공립 도서관에 갔다. 그곳에서 내 이름이 인쇄된 옅은 파란색 대출증은 황금보다 더한 가치가 있는 통화와 같았다. 엄마가 개인 열람실에서 작업하는 동안 나는 아동 도서실을 돌아다니며 몇 시간이고 즐겁게 시간을 보냈다. 대출증으로 최대한 많은 책을 빌린 후에, 나는 도서관이 문을 닫을 때까지 바닥에 높게 쌓아놓은 책 더미 사이에 누워 있곤 했다. 우리 아파트에는 에어컨이 없어서 인디언 서머[18] 기간에는 도서관에서 더위를 피할 수 있었다.

날씨가 좀 서늘해진 어느 주말 엄마는 그랜트 공원에 있는 동물원에 나를 데리고 갔다. 그곳에서 가장 인기가 많은 명물은 바로 윌리 B라는 이름의 몸집이 큰 실버백[19] 고릴라였다. 그는 몇 년 동안 그곳에 갇혀 있었다. 엄마는 그 우리를 지나면서 제대로 멈춰 서서 보지도 않았지만, 나는 그의 생각을 직감으로 알아차려보려고 우리 앞에 한동안 머물러 있었다. 그는 스핑크스처럼 꼼짝하지 않은 채 엉덩이를 깔고 앉아 있었다. 그러면서 자기 앞에 몰려 있는 몇 안 되는 사람을 침울하게 바라봤다. 뒤쪽에서 깜박거리고 있는 작은 텔레비전만이 유일하게 그의 옆을 지키고 있었다.

"저 고릴라는 슬플까요?" 나는 엄마를 따라잡으면서 물었다.

"너라면 그렇지 않겠니? 저렇게 혼자 고립돼 있으면 그렇지 않을까?"

그런 엄마의 말투에 뭔가 이해되지 않는 구석이 있어

---

18   가을에 한동안 비가 오지 않고 날씨가 따스한 기간.

19   등에 은백색 털이 나 있는, 나이 많은 수컷 고릴라.

서 나는 평소처럼 변증법적인 문답을 시작했다.

"하지만 왜요?" 내가 물었다.

"'왜요?'라니 무슨 뜻이지?"

"왜 저 고릴라는 혼자 있어요?"

"우리에 있으니까."

"왜 우리에 있는데요?"

엄마는 한동안 고개를 돌렸다가 다시 나를 바라봤는데 햇살이 너무 눈부셔서 눈을 가늘게 뜨고 있었다.

"그래야 네가 여기 와서 저 고릴라를 볼 수 있으니까." 엄마가 말했다.

"하지만 왜요?" 나는 다시 물었다. 내가 뭘 묻고 있는지도, 내가 뭘 알고 싶어 하는지도 잘 모른 채.

"지금은 그 게임을 하지 않을 거야, 나타샤." 엄마는 짜증을 내면서 내 손을 홱 잡고 돌아서서 갔다. 엄마는 그러다 조용해진 채 뭔가 골똘히 생각했고, 나는 왜 그런지 모르겠지만 내가 엄마를 실망하게 했다는 사실을 알았다.

나는 세로 행이 두 개인 표로 내 일상을 나눠서 측정할 수 있었다. 하나는 내가 한 뭔가가 엄마를 기쁘게 하고, 엄마의 아름다움을 거울처럼 비춘 나날, 엄마가 날 '알사탕'이라고 부르면서 두 손으로 내 얼굴을 다정히 감싸준 나날이었다. 그리고 그 옆줄에는 내가 한 뭔가가 엄마를 슬프게 하거나, 마음 상하게 하거나 엄마에게 좌절감을 준 나날이었다. 엄마가 영화관에서 내 손목을 이런 식으로 잡아챈 어떤 주말이 떠오른다. 우리는 그때 제2차 세계대전에 대한 영화를 보고 있었는데, 영화가 다 끝날 무렵에 참호 속에서 싸우던 병사들, 다쳤거나 죽어가는 병사들이 서로를 아주 다정하게 대하는 장면이 있었다. 나는 그런 분위기, 같은 경험을 공유하는 환경에서 우러나온 전우애와 그들의 고조된 감정과 상상의 연대라는 분위기에 푹 빠져들었다. 그러느라 베트남전의 사상자들과 고국으로 돌아온 흑인 병사들이 직면한 인종차별 같은 것은 거의 의식하지 못했다. 그래서 그런 과거를 동경하는 마음에 그만 불쑥 내뱉고 말았다. "내가 컸을 때 전쟁이 있었으면 좋겠어." 엄마는 그때 벌떡 일어서서 내 손을 움켜쥐고 스크린에서 엔딩 크레디트가 올라가는 동안 날 질질 끌다시피 해서 통로로 데리고 나왔다.

하지만 엄마의 어두운 분위기는 얼마 못 갔다. 엄마는 항상 나를 금방 용서했고, 그런 면에서 변덕스러워 보이기도 했다. 나는 엄마의 별자리가 쌍둥이자리라는 걸 알고 있었고, 그런 변하기 쉬운 점이 엄마가 쌍둥이자리란 증거라고 생각했다. 엄마는 화가 난 얼굴로 나를 보다가도 금세 화가 풀리곤 했다. 나는 엄마가 열쇠고리에 달아놓은 작은 황금으로 만든 상징이 바로 그런 의미라고 생각했다. 엄마와 아빠 둘 다 그런 걸 하나씩 가지고 있었다. 아빠는 열쇠고리에 아주 작은 황금 장갑을 달아놨는데, 그건 아빠가 시합에 나갔던 골든글러브 권투 챔피언십의 기념품이었던 반면, 엄마가 달아놓은 건 아주 작은 야누스[20], 즉 비극과 희극의 두 가지 얼굴을 가진 가면 모양의 장식물이었다. 엄마는 대학교 때 극단에 들어간 기념으로 그걸 장만했지만, 동시에 그것은 엄마의 천성을 나타내는 상징이라고 해도 좋았다. 그 후 몇 년 동안 엄마가 주로 썼던 가면은 희극의 여신인 탈리아의 웃는 얼굴이었고, 엄마의 생각처럼 엄마의 진정한 얼굴은 대체로 내가 볼 수 없도록 가면 속에 가려져 있었다.

*

나는 엄마를 기쁘게 하는 것 말고는 바라는 게 없었다. 학교에서 나는 읽기와 글쓰기뿐 아니라 수학도 뛰어나게

---

[20]   두 얼굴을 가진 문이나 출입구의 수호신.

잘하기 시작했다. 그런 내 발전에 엄마는 놀라고 기뻐하는 것처럼 보였다. 그에 대한 상으로 엄마는 내가 사달라고 졸랐던 인형을 사 와서 우리 집 계단 맨 위에 올려놓았다. 그 인형은 내가 수학 숙제에 나오는 방정식을 다 푸는 동안 거기에 앉아 있었다. 엄마가 문제들을 큰 소리로 읽어주고 내 대답을 기다리는 동안, 나는 아직 셀로판 포장지도 뜯지 않은 채 엄마의 어깨 너머에 있는 그 인형을 볼 수 있었다. 내가 얼마 동안이나 대답을 안 하고 있었는지 모르겠다. 몽상에 잠겨 있던 날 깨우려고 엄마가 날카로운 소리로 말했다. "방정식 문제를 다 맞히기 전까진 저 인형은 줄 수 없다."

내가 그 인형과 놀 생각에 잠겨 몰래 계단만 보고 있었던 걸까? 아니면 깊은 생각에 잠겨 계단 쪽으로 고개를 기울인 채, 마치 허공에서 답을 끌어낼 것처럼 멍하니 있었던 걸까? 그때 나는 그 점을 분명하게 깨달았다. 내가 바랐던 것은 내가 충분히 영리하면 손에 넣을 수 있는 완벽함에 대한 보상이라고. 그리고 엄마의 행복이 내 성적에 달려 있는 것이라고. 나는 수치심에 압도됐다. 심지어는 지금도 그런 마음 일부가 돌아와 날 아프게 찌른다. 날 수치스럽게 한 건 뭘까? 내 얼굴에 그 욕망이 그토록 노골적으로 드러났다는 점? 아니면 내가 오해받았다는 점? 엄마와 나는 그때나 지금이나 서로를 잘 모른다는 점?

날이 점점 짧아지면서 나는 저녁을 먹은 후에 내 놀이 방에서 모든 시간을 보냈다. 그 방은 엄마가 주방에서 책장을 넘기는 소리를 들을 수 있을 정도로 가까이 있었다. 내 작은 테이블 앞에 앉아 나는 엄마처럼 책을 읽거나 엄마가 사준 인형과 엄마놀이를 했다. 나는 엄마처럼 내 턱을 두 손으로 받치고 생각에 잠긴 얼굴로 책에서 고개를 들거나, 엄마가 날 꾸짖을 때 그러는 것처럼 어금니에 힘을 꽉 주고 인형을 보기도 했다. 우리의 일상에는 매끄럽고 규칙적인 패턴이 있었고, 나의 인형 놀이는 당시 우리의 일상과 완전히 똑같아 보였다. 아무도 우리가 함께 있는 단란한 순간에 끼어들거나, 엄마와 딸의 이야기를 침범하지 않았다.

엄마는 새로 이사 온 집에서 우리 단둘이 같이 보냈던 몇 달의 기억이 내 마음에 각인될 것이라는 점을, 또는 내가 엄마와 딸로서의 한 쌍, 우리 둘의 단란함에 얼마나 격렬하게 매달리게 될지를 알 수 없었을 것이다. 우리가 집에서 멀리 떨어져 있어서 고조된 자식으로서의 의무감이 내 안에 복종심뿐 아니라 침묵도 같이 자라나게 할 수 있다는 점도 몰랐을 것이다. 그해에 새 인생이 막 시작되려고 하는 스물여덟의 젊은 엄마가 무슨 생각을 하고 있었는지 상상해보려고 애를 써봐도 엄마가 아빠에게 보낸 편지에서는 별 단서를 찾을 수 없었다. "일이 잘되고 있어." 엄마는 아빠에게 이렇게 썼다. "언더그라운드애틀랜타에 있는 마인샤프트라는 이름의 레스토랑에 취직했어."

*

그 편지를 보내고 시간이 얼마나 지난 후에 일어난 일이었을까? 어느 날 저녁 엄마가 놀이방에 있는 나를 나오라고 불러서 우리 주방 문간에 서 있는 남자와 만나게 했다. 그는 키가 크고 말랐고 얼굴에는 길게 구레나룻이 나 있었다. 그는 나를 슬쩍 곁눈질했는데, 한쪽 눈이 다른 쪽 눈보다 훨씬 더 커 보였다.

"조엘, 이 아이는 타샤라고 해." 엄마가 그에게 말했다. 그 남자가 부엌 안쪽으로 들어와 의자 등받이로 손을 뻗었을 때 그 손이 살짝 떨리는 걸 볼 수 있었다.

"아저씨를 뭐라고 불러야 하나요?" 내가 물었다.

그가 대답한 방식에 나는 불안해졌고 엄마도 그 점을 눈치챘는지 궁금했다. "뭐든 네가 좋아하는 대로 불러." 그는 활짝 웃으며 말했는데 미소가 고르지 않았고, 네가라고 말할 때 윗입술이 실룩거렸다.

　나는 습관적으로 그랬던 것처럼, 마치 마음속에 떠오르는 생각을 떨쳐버리려는 것처럼 길게 땋은 머리를 세차게 흔들었다.

　"빅 조(Big Joe)라고 부를게요." 나는 그렇게 말하고 주방에서 달려 나와 놀이방으로 돌아갔다. 그때부터 그는 나에게 빅 조였고, 그 이름은 우리 둘이 맺게 될 일종의 관계, 그러니까 나중에도 그는 우리 아빠가 아니란 점을 우리에게 계속 일깨워줄 관계를 결정지었다.

　아마도 그것 때문에 나는 그를 경계하게 됐을 것이다. 심지어 그가 엄마를 돕는 남자 친구 역을 연기했을 때도, 언제든 엄마가 수업을 듣는 오후에는 나를 봐주겠다고 자원했을 때도 그의 몸짓의 뭔가가 나를 경계하게 했다. 나는 그를 규칙적으로 보게 됐다. 그가 나를 돌보는 날이면 우리는 종종 차를 타고 시내 드라이브를 다녔다. 그것이 그 후 몇 년 동안 우리가 한 수많은 상호작용의 패턴이 됐다. 그는 아주 많은 시간을 들여 애지중지 관리하는 그 차 안에서 단지 시간을 오래 보내기 위해 특별한 목적지 없이 드라이브 다니는 걸 좋아하는 것 같았다. 그것은 검은색 포드 갤럭시로 실내는 티끌 하나 없이 깨끗한 흰색이었고, 측면에 흰 줄이 들어간 타이어와 반짝반짝 빛날 때까지 그가 열심히 닦곤 했던 크롬 도금을 한 금속 부품들로 이루어져 있었다.

내가 그에게서 멀찍이 물러나 앉아 조수석 문에 기대 아주 살짝 열려 있는 창틈으로 신선한 공기를 마시려고 애를 쓰는 동안, 그는 담배를 피웠다. 그가 담배 연기를 빨아들일 때면 담배 끝이 마치 반짝거리는 빨간 불처럼 벌겋게 타올랐다. 나는 꼼지락거리거나 그의 관심을 끌 만한 행동은 하나도 하지 않으려고 애쓰면서, 그가 말을 걸 때만 대꾸했다. 차에 설치된 스테레오에서 나오는 마치 내 심장 뛰는 소리 같은 베이스 노트가 점점 더 크게 쾅쾅 울리는 가운데 커티스 메이필드가 '프레디는 죽었어(Freddie's Dead)' 혹은 '푸셔맨(Pusherman)'을 불렀다. 그런 노래들에서 내가 이해할 수 있었던 부분이 날 슬프고 불안하게 만들었다. 마치 그 앨범은 영화의 주제음악이 아니라 빅 조와 내가 같이한 시간에 관한 이야기의 주제음악이자 애틀랜타에서 펼쳐지는 내 새로운 삶의 일부처럼 느껴졌기 때문이다. 노래가 바뀌어서 '슈퍼플라이(Superfly)'가 나오면 그가 따라 불렀는데 떨리는 가성에 음정도 잘 맞지 않았다. 창밖으로 보이는 풍경은 마치 테이프에서 흘러나오는 음악처럼 반복됐다. 그때는 몰랐지만, 우리는 285번 외곽순환도로, 즉 애틀랜타를 둘러싼 고리 모양의 순환도로를 달리고 있었다.

그런 드라이브는 항상 나를 가르치는 수업 시간이었다. 내 기억에 가장 먼저 배운 건 위장 순찰차에게 미행을 당하고 있는지 보는 방법에 관한 것이었다. "그 차의 계기판 한가운데 혹이 난 것처럼 작고 동그랗게 튀어나온 부분이 있을 거야." 그는 내가 그걸 알아야 할 필요가 있는 것처럼 말했다. 그때부터 나는 그가 얼마나 자주 백미러를 힐끗거리는지 지켜봤고, 누군가가 정말 우리를 따라오길 바라면서 나도 그걸 확인했다.

매번 우리 아파트에 다시 도착할 때마다 나는 안도의 한숨을 내쉬었다. 내가 얼마나 여러 번 그의 차를 탔건 상관없이, 나는 항상 그가 날 어딘가에 버려서 다시는 엄마를 못 만나게 되는 게 아닌가 하는 걱정을 멈출 수 없었다. 나는 그런 끔찍한 생각을 하는 자신을 꾸짖고 그런 생각을 거듭해서 떨쳐버렸다. 이것은 일종의 마법 같은 사고방식이다. 아이들이 자기가 어떤 사건들을 초래할 수 있다고 믿는 생각 말이다. 어떤 믿음을 강박적으로 가지게 돼서 재앙을 피하기 위해선 부적과 같은 역할을 하는 특별한 행동을 해야 하고, 그러면 그 재앙을 어떻게든 예방할 수 있다고 아이들은 생각한다. 신화의 교훈은 이 믿음이 옳지 않다는 증거다.

누구든 카산드라의 예언을 믿었더라면 수많은 비극을 피할 수 있었는데 아무도 그러지 않았잖은가.

카산드라가 진 부담에 대한 신화를 다른 방식으로 볼 수도 있다. 어쨌든 아무도 그녀의 경고를 믿지 않았기 때문에, 아마도 그녀는 자신의 침묵만이 앞으로 일어날 일을 막을 수 있다고 생각하기 시작했을지도 모른다. 말로 내뱉어서 재앙을 초래하느니 차라리 입을 다물고 있는 편이 낫다고.

나는 빅 조와 같이 다녔던 그 오후의 드라이브들에 대해 엄마에게 아무 말도 하지 않았다. 또 그가 언젠가 할지도 모르는 일 때문에 두려웠다는 말도 하지 않았다.

*

엄마가 언더그라운드애틀랜타에 있는 마인샤프트에 출근하기 위해 드레스를 입는 모습을 지켜보던 그 오래전 밤을 돌이켜 생각해볼 때면, 그때 엄마가 그를, 내 계부가 될 남자를 알고 있었는지 기억이 나지 않는다. 아마 그들이 만난 건 그날 밤이었을 것이다. 나는 그때가 겨울이었다는 것만 알고 있다. 그리고 애틀랜타에서는 이미 수선화가 활짝 피어나고 있었다는 것도. 엄마를 위해 내가 그 꽃들을,

한 움큼의 노란 나르시서스, 수선화를 꺾은 걸 알고 있다. 엄마와 딸의 신화에서 그 꽃은 페르세포네를 유혹해서 죽음의 땅에 가게 만들기 위해 심어진 것이었다. 지하 세계의 신에게 납치돼 끌려가도록. 그녀가 노란 꽃 한 송이를 따자 그녀의 발밑에서 땅이 갈라지면서 그녀를 그 어두운 아가리로 집어삼켜버린다.

　마치 내가 그 신화를 다시 쓴 것 같았다. 내가 엄마에게 대충 만든 수선화 꽃다발을 건네듯이 아주 쉽게 엄마를 죽음의 신에게 넘겨버린 꼴이 된 것이다. 그날 밤 시내 지하에 있는 직장으로 내려간 엄마는 이미 다시는 완전히 나오지 못할 지하 세계로 들어가고 있었다.

[   ]

내가 엄마에 관해 쓰겠다고, 내가 잊어버리려고 그토록 애썼던 세월에 대한 이야기를 하겠다고 소리 내어 말하기 시작했을 때, 나는 엄마가 세상을 떠난 후 수년간 꾼 것보다 불과 그 몇 주 사이에 엄마 꿈을 더 많이 꿨다. 엄마는 제일 먼저 내 유년기의 집, 우리 할머니 집으로 돌아왔다. 나는 그 집에서 다시 아이가 돼서 엄마가 바쁘게 집안일을 하는 모습을 지켜봤다. 젖은 시트들을 빨랫줄에 널고, 다림질하고, 혹은 핀 몇 개를 입에 문 채 재봉틀을 내려다보는 엄마. 또 다른 꿈에서 엄마는 현재 내 삶의 여러 장면에, 엄마가 한 번도 가보지 않았던 곳에 나타났다. 처음에는 엄마를 몰라봤다. 엄마는 내가 이제까지 한 번도 만나보지 못한 다른 사람 같았다. 그러다 엄마를 알아보고 깜짝 놀랐다. 그런 꿈에서 나는 항상 엄마보

102

다 나이가 많았고, 엄마가 평생 먹은 나이보다 내 나이가 더 많았다. 조엘과 같이 살았던 시절의 꿈을 꿀 때는 그도 있었다. 하지만 나는 아이가 아니었고, 내가 지난 30년간 엄마 없이 살아왔다는 사실도 알고 있었다. 나는 그가 감옥에서 출소한 지 오래됐다는 사실도 알고 있지만, 어떻게 된 일인지 그는 아직 엄마를 죽이지 않았다. 나는 꿈에서 이게 말이 안 된다는 점을 알고 있지만 그래도 여전히 그게 사실이라고 믿고 있어서 엄마를 계속 살려둘 방식을 생각해내려고 안간힘을 쓴다. 마지막으로 꾼 꿈에서 엄마는 한 번도 돼보지 못한 나이 든 여자, 마르고 조금 구부정하고 머리는 은발인 여자가 돼 있었다. 우리는 내가 한 번도 못 본 방에 있었고, 나는 엄마가 아주 천천히 주위를 걸어 다니면서 선반과 테이블 위에 있는 몇 가지 물건을 만지는 모습을 지켜봤다. 그건 마치 오랜 인생의 끄트머리에서 엄마가 오랫동안 수집해온 물건들을 응시하는 것처럼 느껴졌다. 잠이 깼을 때 나는 그 물건들이 엄마가 생전에 어떤 사람이었는지에 대한 이야기를, 지금까지 내가 엄마에 대해 몰랐던 부분들을 담고 있을 거라고 확신하고 필사적으로 그것들을 기억해내려고 애를 썼다. 그러다 문득 깨달았다. 사실 나는 엄마가 만진 물건들을 꿈에서 보지 못했다는 걸. 꿈에서 엄마는 내내 나에게 등을 돌리고 있었다는 걸.

3장

솔 트레인

1974년 5월에 찍은 사진은 어떤 진실을 분명하게 드러낸다. 이제 더는 우리 둘만이 아니라는 걸, 이미 나는 엄마의 새 인생의 주변부에 있기 위해 스스로 거리를 두기 시작했다는 걸. 모든 가족에는 어느 시점에 이르면 분명히 자신을 아웃사이더처럼 느끼는 사람이 있다. 가족사진을 찍을 때 항상 무리에서 조금 떨어진 곳에 서 있거나 앉아 있는 사람. 혹은 새로 태어난 아이 위의 형제자매. 가끔은 성이 다르기도 한, 이전 결혼에서 낳은 아이. 갑자기 나는 그런 특징을 다 가진 아이가 돼버렸다.

"놀라운 소식이 있단다." 엄마가 말했다. 그때는 1973년 8월 말로, 위에서 언급한 그 사진이 엄마의 발표로 인해 일어나게 될 미묘하지만 엄청난 변화를 기록한 증거가 될 날

로부터 몇 달 전이었다. 나는 여름방학 내내 미시시피에 있는 할머니 집에서 지냈고, 엄마가 날 다시 애틀랜타로 데려가기 위해 왔을 때였다. 그러니까 나는 그때 엄마를 석 달 만에 본 것이다.

"너에게 남동생이 생겼단다." 엄마는 항상 그렇듯 사무적이면서 단정적으로 말했다. "그리고 조엘과 나는 결혼했다. 우리는 새 아파트로 이사했는데 거기 복도 끝에 있는 네 방은 원래 네 방보다 훨씬 더 크단다."

바로 그 직전, 모든 것이 변했다는 사실을 내가 알기 전, 6월 초에 내가 집을 떠나왔을 때 엄마는 하나도 달라진 것이 없어 보였다. 그때 엄마 몸에선 그 어떤 변화도 눈치채지 못했고, 엄마가 이제 내가 만나게 될 이 새로운 사람을 임신했다는 걸 알려줄 만한 조짐도 전혀 없었다. 그때 내가 아이가 어디서 나오는지는 알고 있었나? 나는 일곱 살이었다. 여름 내내 나는 〈브레이디 번치〉[21]를 봤다. 말문이 막힌 채 엄마 앞에 서 있던 그 순간 나는 그 드라마의 기본이 되는 스토리를 머릿속에서 돌려보면서 이 혼란을 이해해보려고 애를 썼다. 하지만 나는 엄마에게 아무 질문도 하지 않았고,

---

21　6남매로 이루어진 대가족의 바른 생활을 코믹하게 그린 ABC 방송국 드라마.

내가 엄마를 따라온 것처럼 빅 조도 아이를 데리고 엄마와 결혼하게 됐나 보다고 판단했다. 브레이디 가족 이야기가 나를 이 사태에 대비시켰고, 내가 알아볼 수 있는 사건들의 패턴을 잡아주고 내가 느끼는 혼란을 정리해줬다. 넌 이제 새아버지와 의붓형제가 생긴 거야, 나는 속으로 되뇌었다. 이것이 내가 원하지 않는 이 새 가족으로부터 거리를 두기 위해 내가 몇 년 동안 붙들고 있으면서 자신에게 계속 들려준 이야기라는 사실을 엄마는 알고 있었는지 지금도 모르겠다.

사진에 나온 조이는 9개월이다. 그는 커피 테이블 가장자리를 두 손으로 잡고 자기 발로 서 있다. 엄마와 빅 조는 조이 바로 뒤 소파에 앉아 있다. 그들을 가까이 잡은 근접 숏에서 그들은 '가족'이라고 읽히는 세 폭짜리 그림을 형성하고 있다. 나는 소파의 저쪽 멀리 있다. 그들과 나를 연결해주는 것처럼 보이는 유일한 것은 내가 엄마와 정확히 똑같은 자세로, 엄마의 자세를 좀 더 작은 버전의 내 신체 언어로 쓴 모양 그대로 앉아 있다는 점이다.

사진에선 조엘의 발을 볼 수 없다. 커피 테이블 밑에 있는 그 발은 이제 우리 집에서 파란을 일으키고 뒤틀릴 문제들, 시야에서 가려진 그 모든 갈등을 대변하는 것처럼 보인다. 나는 그에 대해 아는 게 너무 적었고, 그는 내 눈에 이상하게 보이는 건 모두 전쟁을 언급하는 방식으로 설명했다. 베트남, 그는 이렇게 말하곤 했다. 그가 스파게티를 먹지 않겠다고 거부했을 때 그 이유는 그가 군대에서 본 그 '벌레들' 때문이었다. 내가 그의 발에 관해 물었을 때도 그는 베트남이라고 말했다. 그의 두 발 다 기이하게 대칭을 이룬 상태에서 두 번째와 세 번째 발가락이 첫 번째 관절에서 잘려나간 것처럼 보였고, 발바닥은 건조하고 여기저기 주름이 심하게 져 있었다. 그리고 발가락마다 기형의 작고 쪼개진 발톱이 달려 있었다. 내가 자신의 발가락을 쳐다보는 걸 봤을 때 그는 베트남이라고 말했다. 아마 그는 발가락들이 완전히 형성되지 않은 상태로 태어났을 것이다. 그 점을 인정하기가 창피해서 대신 전쟁과 관련된 이야기를 지어냈을 것이다. 이제는 그의 발 모양에 뭔가 마음이 아프면서 취약한 부분이 있다는 생각이 든다. 하지만 어린 나는 그 발을 볼 때마다 두려움과 혐오가 섞인 감정만을 느꼈다. 그와 엄마가 결혼하기 전에는 그의 조금 튀어나온 눈, 그가 손을 떠는 방식, 담배를 문 그의 입술 주위가 가볍게 떨린다는 점만 알고 있었다. 그런데 이제 나는 매일 그의 낯설고 사람을 불안하게 만드는 발, 끝이 잘려나간 발가락들을 보게 됐다.

가끔 내가 밤늦게 물을 한잔 마시러 부엌으로 내려갔

을 때 그는 흐릿한 불빛 속에 앉아 술을 마시며 스테레오에
달린 마이크에 대고 거기서 흘러나오는 노래를 조용히 따
라 부르고 있었다. 그때쯤엔 익숙해진 그 떨리는 가성, 하지
만 마치 그의 안에 예술가의 영혼이 있다는 걸 입증이라도
하려고 안간힘을 쓰는 것 같은 목소리였다. 사방에 그런 시
도의 흔적들이 보였다. 그림을 그리기 위해 그가 노력하고
노력한 흔적들. 처음에는 우편으로 배우는 미술학교의 신
문광고에 나온 인물이었다. 날 그릴 수 있나요? 그렇다면, 당
신도 예술가가 될 수 있습니다. 거기에 그는 사슴의 옆모습
윤곽을 만화로 비딱하게 그려서 보냈다. 나중엔 자신의 밴
뒤에 달린 바퀴 덮개에 은색 유성 페인트로 애틀랜타 팰컨
스[22] 상징을 그려 넣었다. 수년 동안 그가 차를 몰고 가는 모
습을 지켜볼 때마다 나는 그 바퀴 덮개를, 검은 바탕에 그려
진 그의 영혼의 상징과도 같았을 그 기형의 새를 봤다.

*

　새 아파트는 다행히 같은 학군에 있었고, 나는 베니션

22　　미국의 프로 미식축구팀.

힐스 초등학교를 떠나지 않아도 돼서 안도했다. 그 아파트 단지에는 내 또래 아이들을 키우는 젊은 부부들도 몇 쌍 있어서, 친구를 사귀기 어렵지 않았다. 우리가 만난 첫 번째 가족은 딘네 가족으로, 몇 살 터울인 아들이 다섯이나 있었다. 나는 시끄럽고 활기가 넘치며, 잭슨 파이브[23]처럼 노래와 춤 실력이 뛰어났던 그들을 무척 좋아했다. 그들은 항상 웃었고, 웃다가 눈물이 비어져 나올 때까지 서로를 놀려댔는데 그걸 조닝이라고 불렀다. 미시시피에서 살 때 우리도 그렇게 놀았는데 거기선 그걸 잼킹이라고 불렀다. 나는 그런 말싸움 놀이에서 가끔 멋지게 반격할 수 있었기 때문에 그 아이들은 날 받아들이고 막내 여동생처럼 대해줬다. 방과 후에 우리는 그 단지에 있는 다른 아이들을 상대로 계속 그런 말싸움을 연습했는데, 우리 모두 최대한 빨리 서로를 이길 수 있을 정도로 자신이 똑똑하다는 점을 입증하겠다고 굳게 결심했다. 인제 와서 그때를 생각하면 마음이 아프다. 너의 엄마는 너무 뚱뚱하지……, 너의 엄마는 너무 가난하지……, 너의 엄마는 너무 싸구려야……, 너의 엄마는 목소리가 너무 굵어…… 같은 말들. 가끔 그 게임은 선을 넘어서 누군

23   마이클 잭슨과 그 형제들로 이루어진 팝 그룹.

가 화를 내기도 했고, 그러면 그때부터 서로 삿대질을 하면서 욕을 하게 됐다. 그때 우리는 게임을 멈추곤 했다. "내게 삿대질하지 마. 우리 엄마 안 죽었어." 우리는 그렇게 말했다. 우리 중 그 누구도 엄마가 살아 있지 않을 가능성은 상상도 하지 못했다.

그런 세 치 혀를 민첩하게 놀리는 게임을 하지 않을 때면, 우리는 우리 집의 작은 전축으로 음악을 듣거나, 포고[24]를 타고 깡충깡충 뛰면서 누가 더 오래 버틸 수 있는지 시합을 했다. 우리 아파트와 던네 아파트는 막다른 골목의 끝에서 마주 보고 있었고, 그 옆에 작은 풀밭이 있어서 우리는 거기서 피구를 하며 놀았다. 그 너머에 나무들이 우거진 숲이 있었다. 그 2층 붉은 벽돌 건물들은 단지를 관통하는 커다란 배수로를 제외하면 별다른 특징이 없었다. 그 콘크리트로 된 배수로는 높이가 182센티미터나 되고, 빛으로 가득 차 있었다. 가끔 우리는 거기로 탐험을 하러 가서 거기가 동굴이고, 거기에 흐르는 작은 물줄기는 강인데 그걸 따라가면 바다가 나오는 척했다. 우리는 단지 안에서 자유롭게 돌

---

[24] 기다란 막대기 아랫부분에 용수철이 달린 발판이 있어 콩콩거리며 타고 다닐 수 있는 놀이 기구.

아다녔고, 어딜 가든 저녁 먹으러 돌아오라고 부르는 엄마
들의 목소리가 안 들릴 정도로 먼 곳은 가지 않았다.

*

어느 날 저녁 집에 돌아왔다가 뜻밖의 것과 마주쳤다.
내가 본 중에 가장 큰 주전자에 든 물이 스토브 위에서 펄
펄 끓고 있었고, 싱크대에 살아 있는 바닷가재 몇 마리가 있
었다. 엄마는 축하 행사를 준비하면서 들떠 있는 것처럼 보
였다. 전축에서 알 그린의 '난 아직도 당신을 사랑하고 있어
요(I'm Still in Love with You)'가 흘러나오는 가운데 엄마는 마
치 나는 것처럼 가볍게 부엌 안을 돌아다니고 있었다. 엄마
가 사회복지 석사과정을 졸업하기 위해 필요한 학점을 모
두 취득한 것에 대한 축하이기도 했지만, 그것은 조엘을 위
한 축하이기도 했다. 그는 과거 비행소년이었던 아이들을
위한 주거 시설에서 관리인으로 일하고 있었지만, 그날—
아마 엄마를 감동시키기 위해 또는 그가 한 어떤 약속을 지
키기 위해—그는 공업학교에 입학했다.
   그날 밤 찍은 사진에서 그들은 1970년대 솔 밴드 단원
들처럼 보였다. 아프로 헤어스타일에 나팔바지를 입고 둘

다 한 손은 계단 난간을 잡고 한 발은 뒤쪽 계단에 올려놓은
채 마치 한 줄로 서서 계단을 내려오고 있는 것처럼 포즈를
취한 모습이 영락없이 그랬다. 둘 다 벽에 기대놓은 알 그린
앨범 재킷처럼 흰옷을 입고 있었다. 엄마는 점프슈트를 입
고 있었고, 조엘은 흰색 니트 셔츠와 흰 바지를 입고 있었
다. 그 몇 년 동안 엄마가 진정으로 행복해 보였던 밤이 있
다면 바로 그 밤이었다.

그날 밤 제일 기억나는 것은 파티였다. 저녁을 먹은 후
우리는 길을 건너 던네 아파트로 갔다. 거기에 여러 집 식
구들이 벌써 와 있었고, 아이들이 아파트에서 뛰어다니면
서 노는 동안 어른들은 춤을 추고 종이컵에 든 술을 마셨다.
마음에 드는 노래가 나올 때마다 아이들도 다 같이 춤을 췄
다. 우리는 모두 모여서 범프[25]와 포코너스[26], 루스부티[27] 춤
을 추었다. 잭슨 파이브의 '댄싱 머신(Dancing Machine)'이 나
왔을 때 엄마는 방 한가운데 있었는데 수제 디스코 볼이 천
장에서 빙빙 돌아가면서 다채로운 불빛으로 엄마를 비추는

---

25   서로의 엉덩이를 부딪치는 춤.

26   라인 댄스의 일종.

27   빙빙 돌면서 마치 올가미 밧줄을 던지는 것처럼 한쪽 팔을 머리 위로 들어 휘두르
는 춤.

동안 엄마는 미소를 지으면서 엉덩이로 반원을 그리며 멋지게 스텝을 밟았다. 춤을 출 때 엄마는 평소보다 훨씬 더 아름다웠고, 그 순간 모두 엄마를 향해 이끌리는 것처럼 보였다. 그때 사람들이 두 줄로 갈라져서 엄마 양쪽에 서서 솔트레인 춤을 위한 라인을 만드는 동안 엄마는 한가운데로 나가 춤을 췄다.

*

9년이 지난 후, 교회 앞에 모여 있던 문상객들이 엄마의 관을 멘 사람들이 영구차로 갈 수 있도록 길을 비켜주려고 양쪽으로 갈라선 바로 그때, 엄마가 춤추던 그 순간이 떠올랐다.

4장

순환도로

엄마는 절대 알 수 없었던 일들을 좀 더 일찍 엄마에게 말했더라면 우리의 삶이 달라졌을지 종종 궁금해진다. 예를 들어 엄마가 집에 없을 때 빅 조가 날 괴롭히기 시작했던 방식 같은 것에 대해. 그랬다면 바로 그때 엄마는 날 구해주고 싶었을까? 그렇게 해서 자신을 구할 수 있도록 결혼 생활에서 일찍 빠져나올 수 있었을까? 나는 왜 엄마에게 그 이야기를 하지 않았을까? 이제야 뒤늦게 그 상황을 이해하려고 애를 쓸 때면 내가 왜 엄마에게 그 사실을 털어놓지 않았는지 이해할 수 없었고, 엄마의 죽음이 도저히 설명할 수 없는 내 침묵의 대가는 아니었는지 자문하지 않을 수 없었다. 나는 내가 착한 아이라고, 불평하지 않았기 때문에 착하다고, 내 시련은 내가 겪어낼 수 있고, 새 남편과 함께하는 엄마의 인생이 내게 어떤 정서적 충격을 미치고 있는지에 대한 고통스러운 진실을 알지 못하도록 엄마를 보호할 수 있다고 믿고 있었던 기억이 난다.

정확히 언제부터 둘만 있을 때 빅 조와 나의 상호작용의 패턴이 처벌로 정립되기 시작했는지는 기억이 나지 않는다. 항상 그가 나를 야단칠 사소한 일이 있었고, 나를 벌주기 위해 그가 만들어낸 소소한 규칙의 위반이 있었다. "난 널 고치는 방법을 알지. 넌 네 엄마가 일하는 곳에 있는 그 지진아들 같아. 너도 거기 들어가야 하는데." 그는 그때마다 그렇게 말했다. 그리고 내게 짐을 꾸리라고 말하고 내가 내 서랍장에 있는 물건들을 여행 가방에 넣는 동안 내 방에 서서 날 내려다봤다. 그러고는 흐느껴 우는 나를 차에 태웠다.

차를 타고 메트로애틀랜타를 둘러싼 285번 외곽순환고속도로를 달리면 그때그때 교통 상황에 따라 아주 오랫동안 달려서 한 바퀴를 돌아올 수도 있다. 조엘은 이 정도면 충분하다고 판단할 때까지 거의 한 시간 동안 아무 말도 하지 않은 채 나를 차에 태우고 달렸다. 그러고는 다시 나를 데리고 집에 돌아왔는데 그때쯤이면 내 얼굴은 여기저기 눈물 자국에다 하도 울어서 퉁퉁 부어 있었다. 그로부터 몇 시간이 지난 후에야 엄마가 집에 돌아오곤 했다. 그는 계속 이런 짓을 반복적으로 하면서 매번 같은 협박을 했는데, 내가 어려서 그랬는지 아니면 너무 무서워서 그랬는지 언젠가는 내가 아무리 애원하거나 고통스러워해도 개의치 않고 내게 한 협박대로 그가 날 버리고 갈 거라고 믿었다.

이제야 나는 어렸을 때 내가 가지고 있던 강박이 이 일과 관련이 있을 거라는 생각이 든다. 만약 그때 당신이 내게 가장 두려운 세 가지를 말해보라고 했다면, 아무 죄도 없는데 억울하게 감옥에 갇히는 것과 정신적으로 아무 문제가 없는데 정신병원에 강제로 입원당하는 것과 산 채로 파묻히는 것이라고 대답했을 것이다. 이 세 가지 상황 다 무력함, 내가 어찌할 수 없는 힘에 휘둘리는 것과 관계가 있다. 나는 빅토리아 시대 사람들이 예방 조치로 매장당하는 시체의 손가락에 끈을 달아서 거기다 작은 종을 하나 연결해 무덤 위에 놨다는 이야기를 어디선가 읽은 적이 있었다. 내가 죽었다고 오해를 받아서 시체 안치소에 놓이게 될 가능성에 난 겁이 났다. 이제는 그것이 꼼짝할 수 없거나 도와달라고 소리를 지를 수 없는 상황에 대한 공포였다는 걸 안다.

4학년이 됐을 때 자주 꿈을 꾸기 시작했는데 꿈속에서 방에 있는 누군가가 내게 이야기를 하는 건 느낄 수 있었지만, 나는 소리를 지를 수도 없었고 사지를 까딱할 수조차 없었다. 그때 어서 깨어나야 한다는 걸 알고 새끼손가락이라도 움직이려고 안간힘을 썼던 기억이 난다. 연구자들은 잠자는 사람이 수면 사이클 사이에 있는 이 상태를 수면마비라고 부른다. 정신은 깨어나기 시작하지만, 몸은 아직도 이완된 상태에 있어서 몇 분 동안 움직일 수 없는 것이다. 의식은 있지만 통제력은 없어서 몸과 마음이 일시적으로 분리돼 있다. 어쩌면 이런 분열은 그동안 내가 살아온 방식에 대한 비유인지도 모른다. 깨어 있는 마음은 앞으로 나아가려고 안간힘을 쓰지만, 몸이 저항하는 것이다. 마음은 망각하고 있지만, 몸은 세포들 속에 있는 그 트라우마의 기억을 그대로 간직하고 있다.

만약 트라우마가 자신을 분열시킨다면, 자신에 대한 통제력을 지니고 있다는 건 무슨 뜻일까? 당신은 잊으려고 시도할 수 있다. 당신은 완전히 한 바퀴를 돌지 않은 채 아주 오랫동안 앞으로 갈 수 있지만, 기억은 고리와 같다. 엄마가 돌아가신 지 10년 하고도 5년이 더 지난 후 애틀랜타로 다시 돌아왔을 때, 나는 285번 도로를 피하려고 일부러 아주 먼 길을 돌아서 다니곤 했다. 나는 그거로 충분하다고, 그 고리 같은 순환도로를 타지 않으면 최악의 기억은 계속 확실하게 멀리 밀어둘 수 있다고 믿었다. 하지만 진실은 내 몸속에서 그리고 그 지역 주위를 돌아다니기 위해 내가 찾아본 지도 속에서 날 기다리고 있었다. 285번 도로의 윤곽은 그 풍경에 인체의 심장 모양으로 찍혀 있었고, 그 심장을 가로지르는 메모리얼 드라이브에 나의 상처가 있었다.

5장

뭐라고요

엄마는 침대에 앉아 조이의 기저귀를 갈고 있다. 나는 그 방에 들어와서 욕실로 열리는 문 앞에 서 있다. 욕실 거울은 내 옆모습뿐만 아니라 방 건너편에 있는 텔레비전 화면까지 비추고 있다. 그 주 내내 텔레비전은 같은 채널, 같은 프로그램에 맞춰져 있었다. 나는 닉슨 대통령의 얼굴을 보고 또 봤고, 희미하게나마 무슨 일이 일어나고 있는지 알고 있다. 백악관의 주인인 사람이 우리를 배신했기 때문에 문제가 일어난 상황이다. 이제 새 대통령이 텔레비전 화면에 나온다. 내가 그 자리에 그대로 서서 텔레비전을 보고 있을 때 빅 조가 방으로 들어온다. 잠시 우리는 모두 같이 있고, 국내 문제의 정점이자 '미국의 비극'이 화면에 나오고 있다. 나는 거울에 비친 내 얼굴과, 엄마가 더럽지 않은 바깔 면이 나오게 다 쓴 기저귀를 개는 모습, 그리고 제럴드 포드가 이렇게 연설하는 모습을 거의 동시에 볼 수 있다.

"이 일은 계속 이렇게 끝도 없이 길어질 수도 있고, 아니면 누군가가 이 이야기의 결말을 반드시 써야 합니다."

6장

있잖아

넌 그러고 싶지 않지만, 그 말을 기억하고 있다. 네 엄마가 이렇게 말하고 있었다. 빅 조가 너를 입양하고 싶어해. 네가 그의 성을 따랐으면 하는 거지. 엄마는 힘없는 미소를 짓고 있다. 가끔 너의 얼굴에도 보이는 그런 미소. 미소라는 행위에 동참하고 싶지 않은 것처럼 아랫입술 한쪽이 일그러지는 미소. 엄마 목소리의 뭔가가 조금은 애원하는 듯한 동시에 사무적으로 들리기도 한다. 넌 이제 5학년인데 엄마의 그런 목소리는 처음 듣는다. 엄마가 그 말을 했을 때 넌 생각한다. '아, 우리가 브레이디 번치 가족과 같기 때문이구나.' 그 드라마에 나오는 재혼 가정에 성이 다른 사람은 하나도 없으니까. 1976년 너는 침실이 네개인 교외 주택으로 이사했다. 그곳은 튜더양식의 난평면 주택[28]으로 황갈색과 갈색이 섞인 외관을 보면 브레이디 가족의 집이 연상된다. 어린 나이에도 너는 이것이 아메리칸드림의 한 종류란 걸 알고 있다. 교외에 있는 집, 거기사는 행복한 가족. 식구들은 다 같은 성으로 연결돼 있고.

네가 사는 주택단지의 이름은 출입구에 있는 큰 표지판에 쓰여 있다. 캔터베리처럼 거창한 이름을―그게 정확히 뭐였는지는 기억이 나지 않지만―휘어진 벽돌에 굵은글씨체로 써서 목가적인 공동체라는 분위기를 풍기려 한다. 단지 내의 집들은 거의 똑같았고, 각각의 집이 다른 집을 조금씩 변형해 지은 곳에서 너의 집은 이웃집 아이들을끌어모으는 집, 붙박이 덱으로 둘러싸인 지상 수영장이 있는 집이다. 너는 여름 내내 거기서 보내고, 수영장에 있지않을 때는 밖에 탐험하러 나간다. 집 뒤쪽에 있는 좁은 길을따라가면 숲이 나오고, 집 뒷마당과 3홀 골프 코스 사이에흐르는 작은 시내가 하나 있다. 너는 시냇물 바닥에서 반짝거리는 돌을 모으고, 숲의 북쪽에 카펫처럼 깔린 이끼를 따라가며 네가 책에서 읽은 해리엇 터브먼[29]과 도망친 노예들

28   바닥이 부분별로 높이가 다르게 되어 있는 다층 구조의 주택.
29   노예해방운동을 한 인권운동가이자 남북전쟁 때 활동했던 스파이.

처럼 탈출하는 척한다. 너는 마치 동화에 나온 아이처럼 다시 돌아오는 길을 표시하기 위해 네 뒤로 돌멩이들을 떨어뜨리며 간다. 너는 머스캣 포도의 두꺼운 껍질에서 나는 향기에 이끌려 그 얼기설기 얽힌 포도 덩굴로 가서 포도를 한 움큼 딴다. 이곳은 너 같은 사람들이 집을 나와 마음껏 시간을 보낼 수 있는 곳이다. 숨는 것만큼이나 찾는 것도 좋아하는 너, 사람들의 눈에 보이지 않으면서도 여전히 엄마의 목소리가 들리는 곳에 머무는 너.

*

이해는 큰 변화들이 있었던 해다. 너는 엄마가 전화기에 대고 이렇게 말하는 소리를 듣는다. "엄마, 나 새 직장이 생겼어요! 이제 출장도 갈 수 있게 됐어요." 모르는 사람들과 통화할 때 쓰는 엄마의 다른 목소리도 듣는다. "아뇨, 이번에는 아이를 갖고 싶지 않아요." 엄마가 빅 조에게 하는 말도 들린다. "그래. 그건 내가 아이에게 말할게." 너는 그 아이가 바로 너라는 걸 안다. 네가 그걸 아는 이유는 항상 어른들의 이야기를 듣고 있기 때문이다. 어른들이 네가 듣고 있지 않다고 생각할 때도.

이해는 큰 변화들이 있었던 해고, 이제 그는 너의 성을 바꾸길 원한다. 넌 엄마에게 싫다고 말한다. "난 내 성을 지키고 싶어요." 네가 말한다. 넌 아버지의 이름을 지워버리는 새 이름을 원하지 않는다. 그보다, 조엘이 지금까지 너로서 살아온 너라는 사람을 지워버리길 바라지 않는다. "아이는 지금 성을 간직하고 싶대." 너는 엄마가 하는 말을 듣는다. 그 말을 할 때 엄마의 목소리는 지친 것처럼 들린다.

*

넌 백인 중산층의 교외 이주[30]란 말을 우연히 듣는다. 처음에는 그 말이 무슨 뜻인지 모른다. 너는 새로 사귄 친구인 웬디를 생각한다. 웬디 아빠는 조종사로 옷깃에 아주 작은 날개 한 쌍이 붙어 있다. 동네에 백인 가정이 아직 몇 집 남아 있지만 그런 집마다 마당에 '판매 중'이란 표지판이 꽂혀 있다. 너는 그런 집 중 두 집에 사는 여자아이들과 친구가 됐다. 그 동네에서 너와 비슷한 또래 여자아이들은 그들밖에

---

30 인종적으로 또는 문화적으로 다양성이 증진된 지역에서 백인들이 갑자기 또는 점진적으로 다른 지역으로 이주하는 것을 뜻한다.

없다. 조디와 그 아이의 자매인 리사 그리고 웬디. 웬디는 네가 예전에 그랬던 것처럼 외동딸이다. 그들은 네가 이사 오기 전에 네 집에 살면서 그들과 알고 지냈던 백인들에 관해 이야기해줬고, 다 같이 너의 집 수영장에서 온종일 수영을 하며 놀았다고 말해준다. 너는 그들과 같이 어울려 다니는 걸 좋아한다. 그들은 너보다 두어 살 많고, 네가 지금까지 들어본 적이 없는 이야기를 해주니까. 조디의 방에서 너희 넷은 (타이거 비트)와 (틴 비트) 같은, 무더기로 쌓아놓은 잡지들을 휙휙 넘기고, 조디가 거기 나온 제목들을 큰 소리로 읽는다. "당신은 더 많은 성적 매력을 가질 수 있다! 그건 어렵지 않다!" "샌프란시스코 순경과 키스하는 올바른 방법" 같은 제목들. 그들은 네가 지금까지 한 번도 본 적 없는 십대 아이돌인 레이프 개릿이 나온 잡지 표지를 보며 좋아죽는다. "아디다스(Adidas). 너 이게 무슨 말의 약자인지 알아? '나는 온종일 섹스에 대한 꿈만 꾼다(All Day I Dream About Sex)'라는 뜻이야." 그 아이는 그렇게 말하면서 반짝거리는 치아를 드러내며 웃었다. 너도 웃는다. 너는 그들이 널 좋아하길 바라니까.

아마도 그래서 네가 그들에게 조엘의 옷들 밑에 있는 옷장 바닥에서 발견한 잡지들을 보여줬을 것이다. 거의 90센티미터 높이에 달하도록 쌓인 그 잡지들은 (펜트하우스) 〈허슬러〉 〈스웽크〉였다. 넌 그저 너도 그런 것들을 알고 있다는 뜻으로 그들에게 보여주고 싶었지만, 조디는 널 바닥에 앉게 하고 잡지를 한 권씩 꺼내게 시켜서 너희 넷이 페이지를 한 장씩 넘기며 다 볼 수 있게 한다. 조디는 거기 나오는 만화들 밑에 있는 설명을 손으로 가리키며 너에게 큰소리로 읽으라고 시킨다. 네가 말하고 싶지 않은 단어 앞에서 멈추자 그 아이는 네 어깨를 쿡 찌른다. "어서 읽어." 이제 너보다 훨씬 더 나이가 많은 조디의 목소리가 들린다. 넌 괜히 이 잡지들을 가져왔다는 후회가 들고, 무엇보다 네 마음속을 떠나지 않는 감정인 강한 수치심을 느낀다. 만화에 나오는 캐릭터들도 너처럼 흑인이다.

조디는 네가 아직 손을 대지도 않은 페이지에 나온 다음 만화를 이미 비웃기 시작한 것처럼 활짝 미소 짓고 있다. "너 MARTA가 무슨 뜻인지 아니?" 조디가 물었다. 너는 그 만화의 설명을 읽지 않아도 돼서 안도하고 그 질문에 대한 답을 알고 있어서 신나는 마음에 얼른 대답한다. 너는 MARTA를 타본 적이 있었으니까. "당연하지." 너는 눈동자를 굴리며 말한다. "그건 '애틀랜타 광역권 대중교통 (Metropolitan Atlanta Rapid Transit Authority)'이란 뜻이잖아." 조디는 금발 머리를 살래살래 젓는다. "아니야." 조디는 너에게 몸을 기울이며 말한다. "그건 '그걸 타고 애틀랜타를 잽싸게 돌아다니는 흑인들(Moving Africans Rapidly Through Atlanta)'이란 뜻이야." 조디가 그 말을 다 끝내기도 전에 웬디와 리사가 웃고 있었다. 너는 힘없는 미소를 지으며 그들의 보이지 않는 날개들을 상상한다. 버스를 타는 대신 그들 셋이서 날아가려고 자세를 잡는 모습을.

학기가 시작됐을 때 너는 조디와 리사는 두 번 다시 만나지 않지만, 웬디는 너랑 같이 학교에 걸어가주겠다고 제안한다. 너는 새 전학생이니까. 첫날 웬디가 너의 집 현관문을 두드려서 조엘이 네 방에 들어와 아래층에 백인 소녀 하나가 널 기다리고 있다고 말한다. "걔 아빠는 뭐 하시니?" 그가 말한다. 하지만 너는 그의 말을 오해한다. 너는 그가 너의 아빠에 관해 물었다고 착각한다. 너는 아빠에 대한 자부심이 우러나 환하게 웃는 얼굴로 대답한다. "우리 아빠는 작가이고 교수예요." "네 아빠 말고 걔 아빠 말이야. 난 네 아빠가 뭘 하는지는 관심 없어." 조엘이 말한다.

*

이해에 조엘은 공업학교를 마치고 이제 냉장고, 에어

컨, 난방기를 수리하는 사업을 시작했다. 일하는 시간이 불규칙한 그는 종종 너의 엄마가 없을 때 집에 있어서 그가 주문 제작한 밴이나 그의 흰색 컨버터블 차량인 몬테 카를로가 너의 침실 바로 밑 진입로에 주차돼 있곤 했다. 방에서 나가기 전에 너는 그가 집에 있는지 알아보기 위해 진입로에 그의 차가 있는지 먼저 살펴보는 법을 익혔고, 마찬가지로 차고 문이 열리는 소리를 듣는 법도 익혔다. 그것은 엄마가 마침내 퇴근하고 집에 왔다는 신호니까.

　너는 학교 갔다 집에 오면 어서 엄마의 목소리를 듣고 싶어 견딜 수가 없다. 이제 엄마에게 새 직장이 생겨서 오후가 달라졌다. 엄마는 전보다 일찍 출근해서 너보다 두 시간 늦게 집에 온다. 이제 집에 오면 네가 제일 먼저 하는 일은 경보 장치를 끄고 엄마 사무실에 전화하는 것이다. 엄마의 명함이 전화기 옆벽에 테이프로 붙여져 있다. 렌덜린 그리메트, 인사관리자, 조지아 발달장애센터. 네가 한 번도 만나보지 못한 그 싹싹한 비서는 매번 너의 목소리를 들을 때마다 반가워한다. "안녕 아가. 네가 전화해서 엄마가 참 기쁘시겠구나!" 비서는 그렇게 말한다. 너는 그녀에게 오늘 하루는 어땠냐고 물어본다. 너는 공손한 아이고 엄마가 널 자랑스럽게 여기게 만들고 싶다. 너는 어른들이 하라고 하지 않아도 숙제를 하고, 모든 물건을 제자리에 두고 방을 완벽히 깔끔하게 정리한다. 너는 어른들의 마음에 들 때 행복하고, 그중에서도 엄마의 마음에 들 때 가장 행복하다.

그래서 엄마가 너의 머리 문제를 들고나오자 네 마음이 괴로워진다. "빅 조가 그러는데 네가 학교 갈 때 묶은 머리가 단정하지 않았다면서." 엄마가 말한다. 너는 이제 다 큰 소녀고, 아침마다 혼자 머리를 묶고 다닌 지 1년이나 됐는데. 이런 말은 네가 퇴행이라도 한 것처럼, 네 용모 관리하는 일하나 제대로 믿고 맡길 수 없다는 말처럼 들린다. 마치 네가 동네 사람들 보기에 창피하게 헝클어진 머리로 집 밖에 나간다는 말 같다. 엄마는 네가 집에서 나가는 모습을 못 보니까, 그의 말이 맞는 말이 돼버린 것이다. 작년에 네가 아직 아파트에서 살 때 네가 몽유병 증세를 보인다고 그가 엄마에게 말했던 것처럼. 그가 한밤중에 너를 아래층에서 발견했는데 그때 네가 이웃집 문을 두드리고 있어서 널 다시 2층으로 데려와 침대에 눕혀야 했다고 말했던 것처럼.

이제 엄마는 네 머리가 대체 어떻게 된 영문인지 궁금해한다. 너는 너의 빗에 대해 엄마에게 말하지 않는다. 너는 성격이 꼼꼼해서 너의 욕실에 있는 물건은 다 제자리에 단정하게 놓여 있다. 머리카락 한 올도 끼어 있지 않고 기름기도 없이 깨끗한 너의 빗은 화장대 맨 위 서랍에 있다. 너는 최근에 학교 갔다가 집에 온 오후에 세면대 위에서 그 빗을 발견한 사실이나, 혹은 그보다 더 끔찍하게 아침에 그걸 쓰려고 서랍에서 꺼냈을 때 머리카락이 잔뜩 끼어 있는 것을 발견했다는 말을 엄마에게 하지 않는다. 거기엔 그가 자신의 두피를 치료하기 위해 쓰는 기름이 묻어 미끈거리는 그의 머리카락이 잔뜩 끼어 있었다. 거기다 빗살의 사이사이에 비듬이 잔뜩 떨어져 있었다. 심지어는 지금도 네가 왜 그때 엄마에게 아무 말도 하지 않았는지 알지 못한다.

*

어느 날 너는 아프고 열이 너무 높아서 의식이 혼미한 상태로 집에 있다. 너는 흰 방에 엎드려 있는 꿈을 꾼다. 사방의 벽이 다 하얗고, 천장도 하얗고, 모든 것이 너무나 하얀 나머지 어디서 천장이 끝나고 어디서 벽이 시작되는지도 분간할 수 없다. 거기에 하얀 상자가 하나 있다. 넌 너의 몸을 의식할 수 없지만, 너의 마음은 깨어서 지켜보고 있다. 그래서 네가 지금 누워 있는 걸 알고 있다. 네가 하얀 천장을 올려다보고 있을 때 그 일이 일어난다. 천장에 난 작은 문 같은 구멍에서 오물이 비처럼 쏟아져 내려와 너의 몸을 뒤덮는다.

*

너는 클리프턴 초등학교 5학년으로 담임선생님은 메식 선생님이다. 5년 만에 네 번째로 한 이사이자, 네가 세 번째로 전학 온 학교이다. 다행스럽게도 너는 이 학교를 지난 두 학교만큼이나 좋아하는데 특히 메식 선생님 때문에 더 그렇다. 넌 그 여자 선생님의 진지하고 현실적인 태도와 모자처럼 선생님의 얼굴에 드리워진, 흰머리가 언뜻언뜻 보이는 갈색 머리를 사랑한다. 그리고 선생님이 자신이 들은 말을 믿지 못할 때 '말도 안 되는 소리'라고 하면서 안경 너머로 상대를 응시하며, 허리에 두 주먹을 대고 서 있는 자세를 좋아한다. 너는 선생님이 해주는 이야기들에 흠뻑 빠져서 열심히 듣는다. 그런 이야기는 대부분 남로디지아[31]에서 백인 선교사의 딸로 성장하면서 흑인들의 나라에서 백인으로 살아가는 생활이 어땠는지에 대한 것이었다. 아마 그런 상황

---

31 아프리카 남부의 영국 식민지였던 곳으로, 지금의 짐바브웨.

은 그때도 별반 다르지 않았을 것이다. 선생님은 이제 흑인들이 태반인 학교의 백인 교사로 근무하고 있었으니까. 선생님의 이야기를 듣고 있을 때면 너는 미시시피에 사는 할머니를 떠올린다. 할머니가 어떤 백인들은 '착한 백인들'이라고 했던 말을 생각하며, 메식 선생님도 분명 그중 하나라는 걸 안다. 너의 고향에서는 착한 백인들은 알아보기 어렵지 않았다.

이해 너는 율리시스 그랜트 대통령을 알게 된다. 학교 도서관에서 너는 그의 전기를 발견하고 북군 지도자이자 노예제도에 맞선 착한 백인, 흑인들의 인권을 옹호한 그와 사랑에 빠진다. 너는 그 책을 대출받아서 며칠 동안 가지고 다니면서 표지에 나온 그의 사진을 바라본다. 수염이 난 그의 얼굴을 보면 네 아빠가 떠오른다.

너는 에이브러햄 링컨에 대해 알게 되면서 그도 사랑하게 된다. 네가 그에 대해 구체적으로 아는 것은 그의 '노예해방선언'과 '게티즈버그 연설'이다. 지금으로부터 87년 전 우리의 선조들은 이 대륙에 자유 속에서 잉태되고, 모든 인간은 평등하게 태어났다는 뜻에 헌신하는 이 나라를 탄생시켰습니다……. 너는 이 연설문 전문을 외운다. 지루해지거나 불안해질 때면 너는 머릿속으로 이 연설을 암송하고 또 암송한다. 학교와 집 사이에 있는 남북전쟁 묘지에 너는 종종 멈춰서 거기 있는 비석들을 읽어보고, 거기 있는 무덤들을 만져본다. 남부 연합군 무덤 앞에서 너는 그 연설문을 큰 소리로 암송한다. '모든 인간은 평등하게 태어났다'라는 부분에서 너의 목소리는 매번 더 커지곤 한다.

*

추수감사절에 너의 할머니가 이사한 새집을 보러 미시시피에서 오셨다. 방마다 자신이 만든 커튼을 거는 할머니의 얼굴은 자부심에 환하게 빛난다. 너는 할머니가 폴라로이드 카메라로 새 가구들, 모든 각도에서의 집의 실내와 외부, 심지어 우편함에 쓰인 이름 그리메트까지 찍어서 나온 즉석 사진들로 앨범 한 권을 다 채우는 모습을 지켜본다.

이 이름은 너의 이름이 아니고, 이 이름 때문에 너는 집에 있는 다른 사람들과 다르다. 하지만 너는 이들과 이름만 다른 게 아니다. 너는 특별하다. 너를 위해 할머니는 가장 공을 들인 작품을 만들었다. 너의 방에 있는 커튼은 황금색과 고풍스러운 흰색 양단 소재로 윗부분은 장식용 돌림띠를 둘렀고, 거기에 장식으로 작은 술을 여러 개 달았다. 그 장식들은 마치 생일 케이크에 입힌 물결 모양의 아이싱 같았다. 거기다 그와 한 쌍인 침대보, 침대보 가장자리에 다는 주름 장식과 침대 위에 지붕처럼 늘어뜨린 덮개도 있었다. 며칠 후 할머니가 공항에 가기 위해 집을 떠날 때 너는 현관 문을 쾅 닫고, 침대 한가운데 누워 가장자리에 황금색 술이 달린 원통형의 긴 베개에 머리를 대고 천장의 덮개를 바라보고 있다. 울음을 멈추기 위해 너는 자신이 공주인 척한다. 너는 자신을 레일라니라고 부른다. 너의 짙은 피부색과 길고 검은 머리를 보면 하와이 사람 같으니까. 레일라니 공주. 너의 상상은 너를 거기에서 멀리 떨어진 곳으로 데려간다.

학교에서도 너는 공주놀이를 한다. 너는 메식 선생님의 귀여움을 독차지했기 때문에 연극의 주연으로 선정된 것도 놀랄 일은 아니다. 너는 〈머뭇거리는 용〉이라는 제목의 연극에서 공주 역할을 맡았다. 연습은 2주 동안 했는데, 너는 매일 학교에 가서 기쁘게 다른 사람인 척한다. 사친회에서 메식 선생님은 너의 엄마에게 넌 "항상 열성적인 학생으로, 수업도 열심히 듣고 다른 누구보다 먼저 다음 단계로 넘어간다"라고 말한다.

넌 과제를 일찍 마치면 메식 선생님이 교실 구석의 책장에 꽂아둔 《하디 보이스》《낸시 드루》《과학탐정 브라운》

을 읽는다. 너는 너와 동갑으로 아주 먼 영국 시골에 사는 어떤 소녀를 주인공으로 한 중편소설을 쓴다. 그 소녀는 풍향계에 얽힌 미스터리를 해결한다. 네가 쓴 〈잘못 가리키는 풍향계에 대한 미스터리〉는 낸시 드루의 서른세 번째 시리즈인 《마녀 나무 상징》을 따라 한 것이다. 이 소설의 플롯을 설명하는 문장은 네가 할머니에게서 배운 말이다. "태양이 환하게 빛나는데 비가 내리면, 악마가 아내를 패는 중이야." 이 수수께끼를 푸는 비결은 겉보기에 모순적인 상황에 숨어 있다. 즉 번개가 치면서 소나기가 내릴 때도 햇빛이 환하게 빛날 수 있는 것처럼 풍향계 역시 엉뚱한 방향을 가리키게 만들 수 있다는 뜻이다.

메식 선생님은 너를 군(郡) 교사모임에 데리고 가고 싶다고 했고, 너의 엄마는 기뻐한다. 엄마는 네가 노란색 용지에 쓴 소설 초고를 가져갔고, 그 싹싹한 비서는 네가 손으로 쓴 글을 타자로 친다. 네가 쓴 60페이지 분량의 글에서 주인공의 가족이나 가정생활에 대한 언급은 하나도 없다. 교사모임에서 교사들은 너의 상상력과, 네가 지금 사는 곳과는 너무나 다른 장소와 네가 겪어보지 못한 경험에 관해 쓴 너의 이야기에 감탄한다.

*

이해는 큰 변화들이 일어난 해이다. 지미 카터가 대통령으로 당선됐고 너의 엄마는 그 취임 축하 무도회에 초청받았다. 너도 신데렐라 이야기 때문에 무도회가 뭔지 알고 있고 너는 할머니가 만들게 될 화려한 드레스를 입고 엄마가 거기에 가는 상상을 한다. 그러다 엄마의 통화를 듣는다. "아니에요, 엄마. 난 안 가요. 조엘이 그런 사람들과 같이 있으면 불편할 거예요." 심지어 어린 너도 그게 무슨 뜻인지 알고 있다.

*

너는 5학년 보건 수업 시간에 마약중독에 대한 영화를 보고 있다. 거기서 나오는 한 장면에 깔린 빌 위더스의 '나에게 기대(Lean on Me)'라는 노래를 듣는다. 여자 경찰관 한 명이 교실에 와서 불법 마약의 위험에 대해 말하고, 너는 어둑어둑한 교실에 앉아 틱틱 소리를 내며 필름이 돌아가는 동안 화면을 보고 있다. 그 노래가 나올 때 계단 꼭대기에 여자가 하나 있다. "헤로인 금단증상은 이렇습니다." 해설

이 들린다. 나팔바지를 입고 엄마처럼 아프로 헤어스타일을 한 그 여자는 계단을 위태롭게 달려 내려오면서 이쪽저쪽 벽에 몸을 부딪치고 있고, 벌어진 입에서 우유처럼 하얀 물질이 뿜어져 나오고 있다. 빌 위더스가 조용히 부드럽게 노래하고 있다. "나에게 기대, 네가 힘이 없을 때 / 내가 너의 친구가 되어줄게, 네가 계속 나아갈 수 있도록 내가 도와줄게." 넌 더는 영화를 볼 수 없다. 너는 이 방에서 나가야 한다. 하지만 네가 본 걸 잊지 못한다. 이제부터 그 노래를 들을 때마다 너는 네 엄마처럼 생겨서 괴로워하는 그 여자를 떠올릴 것이다.

*

처음 엄마가 맞는 소리를 들었을 때 너는 5학년이었다. 너는 그 집에 산 지 몇 달밖에 안 됐고, 네 남동생은 새로 생긴 자기 방에서 혼자 자길 여전히 종종 두려워한다. 동생 방은 복도 안쪽에 있는 네 방 맞은편에 있고, 엄마와 조엘이 쓰는 방 바로 옆이다. 동생 방과 그 방 사이에는 얇은 벽 하나밖에 없었다. 너는 조이를 이층 침대 위층에 눕히고 아래층에서 그가 잠드는 소리를 듣는다. 그때 조엘이 엄마를 주먹으로 세게 치는 소리가 들린다. 그다음에 거의 흐느끼는 듯한, 하지만 침착하고 이성적인 엄마의 목소리가 들린다. 제발 조엘. 제발 다시는 날 때리지 말아줘. 네가 알기론 그때가 처음이었다. 하지만 아마 그렇지 않을 것이다.

*

너는 5학년 교실 바로 밖 복도에 있다. 메식 선생님은 네가 왜 교실을 나왔는지, 왜 학생들 모두가 필수로 봐야 하는 그 경찰이 가져온 영화를 보려 하지 않는지 궁금해한다. 선생님은 너를 따라 복도 끝에 있는 여학생 화장실로 와서 무슨 일이 있는지, 네가 왜 종일 수업에 집중하지 못하는지 궁금해한다. 선생님이 허리에 두 주먹을 댄 채 서서, 안경 너머로 너를 내려다보고 있을 때 네가 말한다.

"어젯밤 새아빠가 엄마를 때리는 소리를 들었어요."

선생님은 너를 뚫어져라 보고 있고, 주먹은 어느새 풀어져 있다. 그러다 선생님이 네 어깨에 두 손을 댔고, 선생님의 말씀이 들린다. 네가 예상할 수 있었던 바로 그 말이. "너도 알겠지만, 가끔 어른들은 서로에게 화가 날 때가 있단다." 선생님이 말했다. 선생님이 널 돌려세워서 다시 교실로 갈 때, 너는 선생님이 아무 일도 하지 않을 것을 안다.

*

너는 5학년이고 피곤하다. 너는 밤새 거의 잠을 이루지 못했다. 학교 수업에 집중도 못 한다. 너는 종일 어떻게 해야 할지 생각했다. 종일 엄마의 애원하는 목소리를 머릿속에서 다시 떠올릴 때마다 어마어마한 수치심을 느꼈다. 너는 선생님이 너에게 뭐라고 했건 개의치 않고 네가 뭔가 해야 한다고 결심한다. 어떻게든 네가 엄마를 보호할 수 있다고 생각한다.

집에 온 너는 엄마 혼자 침대 위에 앉아 있는 모습을 발견한다. 엄마의 왼쪽 관자놀이가 시커멓게 멍이 든 채 부어있다. 엄마 앞에 눈높이를 맞춰 선 너는 체중을 한쪽 발에서 다른 쪽 발로 옮기면서 고개를 푹 숙이고 있다. "엄마." 너는 남이 엿들을 수 없게 조용히 말한다. "엄마가 누군가를 사랑할 때 그 사람이 아프면 엄마도 아픈 거 알아요?" 너는 그 말을 다 마친 후에야 고개를 들어 네 모든 간절한 마음을 다 실은 눈빛으로 엄마를 계속 바라봐서 결국 엄마의 입이 떡 벌어지게 만든다. 엄마는 뭔가 말할 것처럼 하다가 고개만

끄덕인 채 입술을 꼭 다물고 아무 말도 하지 않는다.

그날 밤늦게 너는 엄마가 조엘에게 하는 말을 듣는다. "나타샤가 알고 있어."

너는 수치심을 느끼지만, 그 이유는 모른다. 너의 강하고 아름다운 엄마의 목소리에 서린 애원이 남자들과 여자들로 이뤄진 세계, 지배와 항복으로 이뤄진 세계의 일면을 가르쳐주고 있다. 너는 그것이 부부 사이의 가장 은밀한 공간인 침실에서 흘러나오는 걸 듣는다. 너의 수치심과 슬픔은 배가된다. 너는 엄마의 말에서 제발 그만하라는 간청을 듣는다. 네가 안다는 사실을 그가 알게 됨으로써, 네가 듣고 있을 거라는 걸 알게 됨으로써, 그가 학대를 그만둘 수도 있을 거라는 엄마의 필사적인 희망을 듣는다. 마치 네가 아이라는 사실, 네가 5학년에 불과하다는 사실이 뭔가를 바꿀 수 있을 것처럼. 이제 너는 네가 할 수 있는 건 아무것도 없다는 사실을 안다.

*

너는 안다 너는 안다 너는 안다.

*

    너를 봐. 심지어는 지금도 넌 그때 그 어린 소녀였던 너를 글로 써서 너에게서 지워버릴 수 있다고 생각한다. 마치 이 모든 일이 너에게 일어나지 않았던 것처럼 너를 2인칭으로 써서 거리를 두려 하다니.

7장

일기장에게

'제정신이 아니다'란 관용구는 슬픔이나 두려움같이 지극히 강렬한 감정에 압도돼 자신의 몸 밖에 있는 것처럼 느껴진다는 뜻이다. 인지 이론가들은 트라우마에 대해 말하거나 글을 쓰면 그런 사건에 의해 자아에 생긴 균열을 치유하는 데 도움이 될지도 모른다는 의견을 제시했다. 인제 와서 생각해보면 엄마가 내게 일기장을 준 이유가 바로 그래서인 것 같다. 엄마는 내가 아파하고 있고, 엄마의 상황 때문에 속상해하고 있는 걸 알고 있었다. 내가 엄마에게 그렇게 말했으니까.

내가 안다는 걸 말한 후, 우리 사이의 침묵은 깊어졌다. 조엘의 존재, 우리를 주시하는 그의 시선 때문에 엄마와 나는 모녀로 상호작용을 하기가 전보다 더 힘들어졌고, 엄마와 내가 단둘만 있는 경우는 거의 없었다. 조엘이 집에 있을 때면 나는 내 방으로 물러나서 전축의 볼륨을 최대한 높이고, 발레 수업과 체조 수업에서 배운 동작들을 내가 학교에서 공연하게 될 율동의 언어로 바꾸어서 연습했다. 나는 로버타 플랙의 '불가능한 꿈(The Impossible Dream)'과 오티스 레딩의 '만의 부두에 앉아서(Sittin' on the Dock of the Bay)'에 맞춰 춤을 추고 또 췄다. 레딩의 노래에서 내 마음을 움직인 건 그의 애수였고, 그가 "나는 조지아에 있는 내 집을 떠났지"라고 부르는 순간 내가 살던 곳을 떠나는 건 어떤 느낌일지 상상했다. 심지어는 그때도 떠난다는 건 나 혼자 하게 될 일이고, 엄마 없이 혼자가 되는 것을 의미한다는 것을 알고 있었던 것처럼 슬펐다.

'불가능한 꿈'은 나에게 아주 의미 있는 노래가 됐는데, 이 부분의 가사가 특히 그랬다. "이길 수 없는 적과 싸우고 / 견딜 수 없는 슬픔을 견뎌내고……." 그리고 뒷부분의 가사인 "바로잡을 수 없는 잘못을 바로잡고……. 닿을 수 없는 별을 향해 손을 뻗으리라." 나는 이 멜로디와 가사에 푹 빠진 채 내가 할 수 없는 말을 침묵 속에서 춤의 언어로 분명하게 표현했다. 내가 목격한 바로잡을 수 없는 잘못을 바로잡고 싶은 욕구를 표현한 것이다. 그때는 견딜 수 없는 슬픔을 견딘다는 것이 무슨 뜻인지 몰랐다. 다만 맞서 싸워야 하는 싸움이 뭔지, 적이 누군지는 알아차리기 시작했다.

그 일기장은 내게 아주 중요한 배출구가 되어줬다. 엄마는 내가 하고 싶지만 미처 하지 못했던 말이 뭐든 그걸 써야 한다는 걸 알고 있었다. 나는 항상 책의 감촉을, 책이 말에 실질적인 무게를 실어주고 내가 쥘 수 있는 신성한 물건으로 만들어준다는 점을 사랑했다. 나는 글을 쓰는 법을 배우기 시작하면서부터 나만의 책을 만들어왔다. 공작용 판지들을 리본으로 묶어서 책의 등을 만든 후, 내가 쓸 수 있는 가장 격식을 갖춘 글씨로 속표지에 내 이름을 썼다. 나의 첫 일기장으로 엄마는 가죽 표지에 속지에는 줄이 그어져 있는, 겉표지 가장자리에 금박이 입혀져 있고 아주 작은 열쇠가 딸린 놋쇠 자물쇠가 달린 것을 골랐다. 표지 안쪽에 엄마가 이렇게 적어놨다. "내 딸 나타샤의 열두 번째 생일에. 사랑한다, 엄마가." 내가 뭘 쓰든 간에 거기에 희미하게 빛나는 프레임을 씌워주는 것처럼 일기장의 매 페이지 가장자리마저 황금색으로 물들어 있었다. 나는 내 생각을 적을 수 있고, 나만 볼 수 있는 책을 가지게 돼서 설렜다.

하지만 그런 기분은 오래가지 못했다. 얼마 후 어느 날 학교에서 돌아왔다가 일기장의 자물쇠가 부서져 있는 걸 발견했다. "네가 워싱턴에 갈 수 있다고 누가 그러던?" 조엘이 내 방의 문간에 서서 말했다. 나는 몇 달 동안 현장학습을 갈 생각에 들떠 있었고, 내가 갈 수 있도록 아빠도 그 비용의 절반을 대주겠다고 약속했다. "엄마가 그러셨어요." 나는 그 설레는 마음을 적어놓은 페이지가 펼쳐진 일기장을 손에 들고 말했다.

"그건 생각을 좀 해봐야 할 것 같은데." 그는 그렇게 말하고 돌아서서 복도를 걸어갔다.

그때가 됐을 때 정말 여행을 가도 된다는 허락을 받았다. 아마도 엄마가 개입해서 조엘에게 내가 교육적인 목적의 현장학습을 가지 못했다는 사실을 알게 되면 우리 아빠가 화를 낼 거라고 말해서 그랬을 것이다. 조엘은 자신이 내 일기장의 자물쇠를 부수고 일기를 읽었다는 사실은 엄마에게 언급도 안 했을 것이다. 나도 말하지 않았다. 그것은 우리 둘 사이에 일어난 일이란 걸 알고 있었기 때문에 나도 나만의 방식으로 대응하겠다고 굳게 결심했다.

나는 그때부터 그 일기장에 내 하루를 묘사하지 않았고, 내 일기장이 마치 친한 친구이자 또 다른 자아인 것처럼 '일기장에게'라는 말로 글을 시작하지도 않았다. 대신 거기다 뭘 적건 그가 읽을 것이라는 점을 확신하고, 거기엔 나의 어떤 사생활도 없다는 점을 무기로 사용했다.

"이 멍청한 개자식아! 네가 무슨 짓을 하고 있는지 내가 모를 것 같아? 네가 내 일기장을 읽지 않았다면 내가 널 이렇게 생각하고 있는 것도 넌 몰랐겠지." 그 후로 내가 쓰는 모든 일기는 그가 한 모든 짓을 낱낱이 적은 장황한 고발장이 됐다. 나는 내가 쓴 일기가 나만의 글로 남아 있을 거란 기대를 더는 하지 않게 됐을 뿐만 아니라, 일기를 특별한 목표를 가지고 쓰는 거의 공개적인 의사소통 수단으로 생각하기 시작했고, 내가 해야 할 필요가 있는 말들을 분명히 표현함으로써 나에게 힘이 생길 수 있다고 생각했다. 더 나아가 그걸 글로 쓰는 행위 자체에서 힘을 얻었다. 내가 생애 최초로 한 저항에서 무심결에 그를 나의 첫 독자로 만든 것이다. 내가 해야 할 모든 말이 필터를 거치지 않은 채 날것 그대로 생생하게 일기장에 적혔다. 그리고 나는 새로 얻은 이 목소리에서 생전 처음으로 내 안에 있는 자아의 깊이를 느끼게 됐다. 나는 계속해서 내 자아를 분열시키고 내 속을 서서히 갉아먹었을 말들을 마음에 담아두지 않음으로써 반격할 수 있었다.

이 일은 조엘이 실제로 무슨 짓을 할 수 있는지 알아차리기 아주 오래전에 일어난 일이었기 때문에 두려움을 느끼지 않을 수 있었다. 나는 그가 엄마에겐 이 일을 말하지 않으리라는 걸 확신하고 있었다. 그 말을 했다가는 자신이 한 짓을, 그러니까 엄마가 내게 준 일기장이라는 나의 은밀한 세계를 자신이 침범하고 있다는 사실을 밝혀야 한다는 뜻이었으니까. 나는 또한 그가 내 일기장에 대해 내게 아무말도 하지 않을 것이라고, 내가 그에게 퍼부은 말들을 그가 결코 보지 못한 척할 것이라는 점을 확신하고 있었다. 그때부터 그가 날 볼 때마다 나는 그의 눈빛을 그대로 돌려줬고, 우리 사이에는 내가 한 말들의 잔상이 서려 있었다.

*

나는 글을 쓰기 시작했다.

8장

이야기하기

어느 날 나는 새로운 소식을 가지고 잔뜩 들떠서 학교에서 돌아온다. 그때는 초저녁이고 우리 식구 넷은 부엌 식탁 앞에 앉아 있다. 주중에 나는 대부분 방과 후에 연습이 있어서 이런 '가족과의 식사'를 하기엔 너무 늦게 집에 온다. 그런 밤이면 조엘은 이미 집에서 나가고 없을 때라 내가 그를 아예 보지 못하고 지나가는 행복한 날들이 이어질 때도 있다.

하지만 오늘 밤 나는 너무 흥분해서 엄마에게만 그 소식을 전해주려고 아껴둘 수가 없다. 그래서 모두 식탁에 앉자마자 무심결에 말해버린다. 내가 학교 신문사의 편집장으로 승진했을 뿐만 아니라 내가 쓴 단편소설 덕분에 학교의 문학잡지를 발간하는 퀼앤드스크롤 클럽에 들어오라는 초대를 받았다고. 엄마의 얼굴에서 기뻐하는 표정을 볼 수 있다. 엄마는 날 향해 활짝 웃고 있고, 나는 마치 태양을 향해 고개를 드는 수선화처럼 그런 엄마를 바라본다. 나는 영어 수업에서 쓰는 단편소설 교재를 내가 얼마나 좋아하는지 말하고, 거기서 내가 가장 좋아하는 단편은 존 업다이크의 〈A&P〉이고 다음 호에 실을 내 새 단편을 어떻게 쓸지에 대해 계속 이야기한다. "난 작가가 될 거예요!" 나는 선언한다.

"너는 그중 어느 하나도 하지 못할 거야." 조엘은 어깨를 으쓱하며 말한다. 그는 심지어 자기 접시에서 고개를 들지도 않고 그렇게 말한다. 엄마는 내 오른쪽에 앉아 있어서 나는 곁눈질로 엄마를 본다. 순간 엄마의 미간에 깊은 주름이 잡히고, 어금니를 얼마나 세게 물었는지 입을 앙다물고 있는 것 같은 표정으로 말한다. "나탸샤는. 해낼 거야. 자기가 원하는 건. 뭐든 다."

나는 깜짝 놀라서 내 접시를 향해 고개를 푹 숙여버린다. 엄마를 보기 두렵고 식탁 맞은편에 있는 그와 눈이 마주쳐서 그를 더 화나게 할까 봐 두려워서. 엄마는 몇 년 동안 잠자코 있으면서 그의 질투에 찬 분노를 피하려고 주로 우리 둘이 있을 때만 나를 격려해줬다. 하지만 이번에는 달랐고, 나는 그 대가를 알고 있었다. 이 말 때문에 엄마는 오늘 밤 맞게 될 거야, 나는 생각한다. 그 말투는—심지어 내 머릿속에서 하는 말인데도— 체념한 채 사무적으로 들린다.

우리는 남은 저녁을 말없이 먹는다. 조엘은 우리를 노려보고, 엄마는 말없이 저항하면서. 나는 몰래 엄마를 훔쳐보면서 내일 엄마에게 나타날 멍들, 엄마의 몸 여기저기 숨겨진 곳에 들어서 엄마를 고통스럽게 만들 멍들과 엄마가 계속 날 구해주기 위해 치르게 될 대가를 생각한다.

*

나는 이 장면을 머릿속에서 수도 없이 돌려봤다. "나타샤는. 해낼 거야. 자기가 원하는 건. 뭐든 다." 심지어는 지금도 엄마의 목소리에서 그걸 들을 수 있다. 엄마의 신중한 자제력, 내가 물려받은 그 장점을.

[   ]

엄마에 관해 쓰려고 할 때마다, 내가 기억하고 싶지 않은 그 잃어버린 몇 년간의 세월이, 모든 것이 산산이 흩어진다. 나는 줄이 쳐진 노란색 용지 묶음에 글을 써서, 그 페이지들이 제일 위에 있는 접착제로부터 떨어져 나갈 때까지 가지고 다닌다. 나는 봉투, 영수증 같은 종잇조각에 글을 썼다가 엉뚱한 곳에 놔두고 찾지 못한다. 나는 핸드폰에 메모를 녹음하지만 내 목소리는 허스키하고 낯설게 들린다. 나는 줄을 치지 않은 일기장에 거꾸로 쓰기도 하고, 한가운데 쓰기도 한다. 마치 내 심장이 거꾸로 뒤집힌 것처럼. 나는 내가 모을 수 있는 것들을 모은다. 손으로 쓴 페이지들, 노트들과 일기장들, 내 책상에 쌓여 있는 흰색과 노란색 용지 묶음들. 나는 불에 대해, 우리가 애틀랜타에 도착했을 때에 관해 쓰려고 한다. 어느 날 나는 인터넷에 들어가 큰불에 대해, 차 엔진이 어떻게 폭발해서 불이 날 수 있는지에 대해 조사한다. 그날 밤 나는 꿈도 꾸지 않는 깊은 잠을 잤고, 아침에 잠이 깼을 때 우리 집이 불타고 있었다.

II

9장

예지력

엄마는 세상을 떠나기 불과 몇 주 전에 점을 보러 영매를 찾아갔다. 이것은 내가 절대 놓아버릴 수 없었던 구체적인 이야기다. 엄마와 조엘의 통화 내용 기록들과 엄마가 노란색 종이 묶음에 썼던 연설 원고 쪽지들 이상으로, 이것은 엄마의 마지막 나날들에 대한 윤곽을 그리는 데 쓸 수 있는 몇 안 되는 단서 중 하나다. 그 세계에 들어가기 위해, 나는 자신에게 같은 질문을 해왔다. 그때 엄마는 어떻게 매일매일 살아가고 있었을까? 엄마는 그때 무슨 생각을 했을까?

나는 일종의 경험적인 조사를 통해 답을 찾을 수 있을지도 모른다고, 즉 내가 직접 영매를 찾아가면 1985년 5월에 일어난 사건들을 재구성하려는 내 시도에 도움이 될 만한 단서들이 나올지도 모른다고 자신을 설득한다. 나는 엄마가 그 한 시간 동안 영매와 있으면서 뭘 경험했는지, 그 만남에서 엄마가 뭘 얻어 갔을지 알고 싶다. 엄마도 나처럼 회의론자였을까? 증거가 있어야만 기꺼이 설득될 수 있는 불가지론자였을까? 나 스스로 인정하지 않는 점은 그런 내 결정의 이면에 절망이 흐르고 있다는 것이다. 즉 내가 영매를 찾아가는 것은 단순히 학구적인 목적을 넘어서는 것일지도 모르고, 그때 엄마가 나에게 말했던 것과는 달리 엄마가 거길 찾아간 것도 단순히 재미를 추구하는 것 이상이었을지도 모른다.

내 친구인 신시아가 아는 영매가 하나 있어서 나랑 같이 그의 아파트에 찾아갈 수 있게 예약을 해주겠다고 제안한다. 나는 '단지 그 경험만을 위해' 150달러를 낼 용의가 있다고 하지만, 그에게 나에 대한 것은 하나도 알려주고 싶지 않다고 결심한다. 나의 회의적인 성향 때문에 그렇다고, 우리가 만나기 전에 그가 인터넷을 이용해서 나에 관한 정보를 수집할지도 모른다는 의심이 들어서 그렇다고 친구에게 설명한다. 그러니 그에게 그냥 친구 하나를 데려가고 싶다고 말해달라고 부탁한다. 거기다 예방책을 하나 더 추가해서, 그와 만나면 내 이름을 카산드라라고 가명을 대기로 한다. 약속한 시각에 맞춰 영매가 아파트 문을 열었을 때 신시아가 나를 '캐시'라고 소개한다.

처음에 내가 주목한 것은 그의 억양이다. 그는 영국인으로, 우리에게 차를 내오겠다고 제안한다. 그는 자기가 마실 차도 끓인다. 나는 그 제안을 나에 대해 뭔가 알아내기 위한 방식이자 상담이 시작되기 전 내 입을 열게 하려는 시도로 본다. 그래서 나는 말을 거의 안 하고, 날씨에 관한 이야기를 나눈 뒤—5월 초인데 벌써 더웠다—그의 책상 맞은편에 앉는다. 아파트는 새것처럼 보이고, 실내장식이라곤 거의 찾아볼 수 없다. 책상 위에 큼지막한 컴퓨터 모니터가 하나 있는데, 켜지 않아서 화면이 까만 것에 눈길이 간다. 신시아는 그의 오른쪽 조금 뒤에 앉아서 그는 그녀의 얼굴을 볼 수 없다. 나는 그를 향해 몸을 튼 채 신시아는 보지 않는다. 상담을 시작할 때 나는 우리가 나누는 대화를 녹음하려고 우리 사이에 내 핸드폰을 놓는다.

나는 텔레비전에서 영매들이 일하는 모습을 본 적이 있는데 우리의 상담도 대체로 같은 방식으로 시작된다. 그는 1월과 8월 이 두 개의 달이 내게 무슨 의미가 있는지 묻는다. 그런 순간에 그 이야기를 듣는 사람이나 점을 보러 온 사람은 대체로 이렇게 말할 것이다. "맞아요, 그건 우리 어머니가 태어나신 달이에요" 혹은 "아, 그때 우리 아버지가 돌아가셨어요" 이런 식으로. 거기서 단서가 나오고, 영매는 그 단서가 제공하는 길을 따라 점을 보러 온 사람에게 고인과 지금 접촉하고 있다는 걸 확신시켜주기 위해 좀 더 많은 정보를 끌어내려 할 것이다. 이것이 고인이 산 자를 위한 메시지를 가지고 아마도 출현했다는 걸 알리는 첫 번째 신호다. 산 자는—너무나 간절하게 믿고 싶어서—자신도 모르는 사이에 영매가 그의 삶을 짐작하는 데 필요한 모든 정보를 제공하게 되고, 그렇게 해서 그가 필사적으로 듣길 원하는 이야기를 영매가 엮어낸다. 이것은 근사한 사기다. 하지만 나는 영매가 내 마음을 읽을 수 없게 하고, 그가 틀린 말을 하기에 충분할 정도로만 내 마음을 보여주겠다고 단단히 결심했기 때문에, 내 정보는 거의 내주지 않기로 한다. 나는 그를 만나러 온 이유를 숨기고 있다.

1월과 8월. 그 두 달은 조엘과 내 남동생인 조이가 태어난 달이다. 나는 잠시 생각하다가 영매에게 이걸 말해준다. "그래요, 뭔가 나오고 있어요. 그들이 아직 살아 있는지는 잘 모르겠지만……." 그는 말끝을 흐린 채 잠시 가만히 있는다. "살아 있어요." 나는 그렇게만 대답하고 더는 덧붙이지 않는다. 그리고 반쯤 기대에 찬 표정으로 그를 바라본다. 마치 "그리고 또 뭐요?"라고 말할 것 같은 표정으로. 그는 자기 앞에 있는 노란색 메모지에 뭔가를 적기 시작한다. 날짜들과 숫자들, 구절들. 그는 고인이 옆에 다가와 말해서 들리기 시작한 것들을 적고 있다고 말한다. 나는 그 말을 듣고 그보다는 그가 이미 막다른 길에 다다랐다는 점을 깨닫고 새로운 접근법을 고려하는 중일 거로 생각한다. 나도 영매가 쓰는 것과 비슷한 방법으로 그의 표정을 읽는다. 그는 50대 후반이나 60대 초반으로 보이고, 백인이다. 곱슬곱슬하고 긴 편인 머리는 희끗희끗하다.

다음 30분 동안 그는 정보를 얻어내기 위해 다양한 방법을 쓰면서 내 입을 열려고 시도한다. 그는 우리 가족 중 누군가 여행을 많이 다니지 않았는지, 혹시 군대에서 그러지 않았는지 묻는다. 나는 거의 50세가 다 됐고, 신시아는 60세에 가까운 데다 백인이다. 우리 둘이 같이 있는 모습을 본 그는 나의 부모가 군인이었을—아마 베트남전에 참전했을—가능성이 큰 연령대라고 추측했을 것이다. 나는 아버지가 해군이었다고 말해주기로 하고—하지만 캐나다 해군에 있었다는 말은 하지 않는다—아버지가 2014년에 돌아가셨다는 사실은 알려준다. 그렇게 해서 그에게 뭔가 쉬운 것, 그가 앞으로 하게 될 짐작을 좀 더 잘할 수 있도록 따라갈 수 있는 길을 보여주고 싶었다. 내가 여기 온 진짜 목적을 밝히지 않기 위해서 그렇게 한다.

지금까지 살아오는 동안 내내 사람들은 내가 '뭔지' 궁금해했다. 내 인종이 뭔지, 내 국적이 뭔지 말이다. 그래서 영매가 내 혈통을 알아내려고 안간힘을 쓰는 방식이 나로서는 아주 익숙하다. 그런 일은 계속 일어났다. 누군가 나를 슬쩍 보거나 나에게 '이국적'이라고 말하고 이렇게 묻는 일. "당신의 혈통은 어떻게 되나요?" 한번은 내가 백화점에서 뭔가 사고 있는데 그때 카운터 뒤에 있던 백인 판매원이 너무 긴장했거나 너무 공손해서 차마 내 혈통이 뭐냐고 묻질 못했다. 아마도 내가 백인 여성인데 백인이 아닐지도 모른다고 추정해서 기분을 상하게 하고 싶지 않았을 가능성이 크다. 그는 내가 낸 수표 뒷면에 당시 추가로 필요한 신원 정보였던 인종과 성별을 기입해야 했다. 그는 주저하면서 펜을 든 채 나 몰래 내 얼굴을 살펴보려고 애를 썼다. 나는 그가 내 이목구비와 나의 곧고 가는 머리카락과 내 피부색과 옷차림을 두 번, 세 번 살펴보는 모습을 지켜봤다. 그는 또한 내가 말을 한 방식과, 이런 모든 요인들이 그가 생각하는 어떤 사람들—흑인들—의 조건과 맞는지도 고려했을 것이다. 내가 거기 서서 아무 말도 하지 않는 동안 그는 WF라고 수표 뒷면에 썼다. 그것은 백인 여성(white female)

을 가리키는 약자였다. 같은 주에 다른 직원은 나를 흑인 여성으로 구분했다. 그때는 나 혼자 있었던 게 아니었다. 나는 흑인 친구와 같이 식료품점에서 줄을 서 있었다. 이제 영매는 종이에 뭔가를 갈겨쓰면서 NA란 글자를 쓴다. 영매를 믿고 있는 사람이라면 그 세부 사항을 포착하는 방식이 몇 가지 있을 것이다. 하지만 그 순간 나는 그가 계속 반복해서 쓰고 있는 그 글자들이 오직 한 가지 뜻만을 가리킨다고 생각한다. *Not Applicable. Not Applicable. Not Applicable*[32]. 마치 우리가 지금 하는 이 어떤 것도 내게 필요한 답은 가져다주지 못할 것 같다는 말처럼.

그가 점을 치는 걸 계속할 수 있도록 가끔은 내가 뭔가 알려줘야 한다. 그래서 그에게 사실 아버지가 항해하며 전 세계를 돌아다녔다고 이야기하기로 했고—해군에서 복무한 경력을 고려해보면 합리적인 추측이다—그 영매는 아버지가 여행한 이국적인 장소 중 하나에서 우리 엄마를 만났다고 짐작하는 것 같다. 그렇지만 여전히 내 인종의 기원은 짐작할 수 없는 것처럼 보인다. 내가 입을 다물고 있어서 그는 그저 짐작만 할 수 있고, 그가 세부 사항을 틀릴수록

---

[32] 해당되지 않는다는 뜻.

내 의심은 굳어져만 간다. 그가 내가 "아주 똑똑할 뿐만 아니라 생각을 아주 잘 숨긴다"라고 했을 때 나는 분명 조금은 히죽거리고 있었을 것이다.

그는 이제 또 다른 전략으로 종이에 메이란 단어를 쓰고 있다.

"계속 메이에 대한 뭔가가 걸리는데요. 이건 당신 가족 중 누군가의 이름인가요?" 그가 묻는다.

"아뇨." 나는 고개를 흔들며 대답한다.

"메이, 메이. 난 잘 모르겠는데. 한번 생각해보세요." 그가 말한다. 그건 우리 식구 중 하나의 이름이 아니다. 그건 5월이란 숫자를 가리키는데 그는 약삭빠르게 그 5월이란 달이 내게 분명 무슨 의미가 있을 거로 추측한 것이다. 바로 5월에 내가 그를 보러 왔으니까. 그리고 물론 그달은 내게 의미가 있는 달이다.

"뭔가 느껴지지만, 좀 멀어서 잘 들리지 않네요. 가끔 그들은 충분히 가까이 다가오지 않지만, 당신 아버지는 가까이 오셨어요. 아버지는 자신이 당신을 얼마나 자랑스럽게 여기는지 알아주길 바라고 계세요."

그가 이렇게 말할 때 가슴이 벅차서 눈물이 솟구치는 걸 참을 수 없다. 이성적으로 생각하면 이것은 영매가 아버지와 이야기해서 알아낸 것이 아니라는 걸 알 수 있지만, 그 래도 그건 사실이다. 그리고 나는 아버지가 돌아가시기 오 래전부터 아버지의 그런 마음을 알고 있었다. 나는 조용히 흐느껴 운다. 아버지가 세상을 떠난 지 몇 달밖에 안 지나서 아직도 슬픔이 새롭기 때문이다.

그건 그가 기다리고 있던 반응이었다. 이것이 바로 내 가 여기 온 이유라고 추론했을 것이다. 가족들에게 흔한 주 제, 전형적인 주제들이 있기 마련이니까. 바로 영매의 전문 분야이기도 하고. 고인은 문제나 불화의 해결이나 용서, 평 화를 원한다고 영매는 우리에게 장담한다. 고인들은 그들 이 잘 지낸다는 걸 우리에게 알리고 싶어 하고, 우리가 우리 자신을 잘 보살피고 마음의 평화를 찾길 바란다고.

영매가 고인과 접촉했다고 믿도록 그가 제시할 만한 이미지와 일반적인 질문이 있기 마련이다. 너무 일찍 돌아가 신 분이 있나요? 중절모가 보여요. 시가 냄새도 풍기고. 이런 것들은 아무리 미약하더라도 우리 중 누구라도 연결 지을 수 있을 만한 단서니까. 그는 이어서 이렇게 묻는다. "다리 를 하나 잃은 분이 계신가요?" 나는 그에게 이 정보를 주기 로 한다. 이걸 이용하게 놔둔다. 안 될 거 없잖아? 나는 엄마 가 말하길 기다리고 있으니까. 할머니가 다리 하나를 잃으

셨어요. 우리 엄마의 엄마가.

NA NA, 그는 이렇게 쓴다. 나는 그게 내 이름의 첫 두 글자라고 그에게 말해줄 수도 있다. 그러면 그는 그걸 들었다고, 누군가 그에게 그렇게 말해주고 있다고 대답하겠지. 아니면 그에게 그 두 글자는 내가 할머니를 부르던 호칭이라고 말해줄 수도 있을 것이다. 나나.

그 영매는 우리 엄마가 죽었는지 아닌지 몰라서 엄마에 대해선 거의 말하지 않았다. 그는 아버지가 꽤 강한 존재감을 지니고 있으며, 활기가 넘쳐서 지금 온갖 이야기를 하고 있다고 내게 말한다. 엄마가 여기 있다고 해도—그는 엄마가 살아 있는지 죽었는지도 모르니까—아빠가 지하 세계의 모든 공기를 빨아들이면서 이야기를 다 하고 있고, 할머니가 간신히 한마디를 보탤 수 있었다고 그가 넌지시 말한다.

"메이." 그는 고개를 갸웃거리면서 나를 보며 다시 이렇게 말한다. 그 동작은 내가 그동안 관심을 두지 않고 지나쳐버렸던 걸 마침내 깨닫고 이렇게 말하도록 유도하려는 것이다. "아, 맞아요!" 하지만 나는 여전히 그렇게 하지 않는다. 이제 그는 이 상담을 서서히 끝내는 것 말고는 달리 할 수 있는 일이 없다. "아버님이 건강 잘 챙기라고 하십니다. 그리고 이곳으로 돌아와 다시 이 만남을 가지길 당신이 바랄 거라고 하시네요. 그래야만 할 거라고." 그가 말한다.

그곳을 떠날 때 내가 무슨 생각을 하고 있는지 신시아에게 감추려고 애를 쓴다. 나는 그 영매가 얼마나 틀렸는지, 그가 내 인종을 알아맞히려고 얼마나 열심히 노력했는지, 그리고 내가 거기 간 목적에 관해서만 말한다. 영매가 엄마로부터 어떤 메시지를 받았다 해도 나는 그걸 대놓고 의심했겠지만, 사실은 죽은 사람과 접촉할 수 있다는 영매의 주장이 사실이길 간절히 믿고 싶었다는 말은 절대 하지 않는다.

나에겐 두 가지 선택권이 있다. 영매가 사기꾼이라고 믿거나, 아니면 그 오랜 세월이 지났는데도 엄마는 나와 소통하기 위해 나타나지 않을 것이라고 믿거나. 즉 엄마에겐 아무런 할 말이 없다고 믿거나.

*

나는 영매와 나눈 이야기를 대부분 잊어버릴 때까지 기다렸다가 우리 상담을 녹음한 내용을 듣는다. 사실 핸드폰에 2년 동안 '영매'라는 표제와 그 밑에 날짜와 시간—

5-6-2015, 1시간 22분 46초—이 적힌 대화 녹음을 듣고 다니면서 기다린다. 내가 그의 아파트에서 나왔을 때 내용을 연구하기 위해 그 대화를 다시 한번 듣고 싶을 거라는 점을 알고 있었다. 그렇게 시간 간격을 둠으로써 이 모든 일을 좀 더 무시해버릴 수 있을 거라고 확신했다. 그래서 핸드폰의 재생 버튼을 눌렀을 때 나는 의기양양했고, 그 대화를 듣는 동안 내내 의기양양했다. 그러다 그 말이 들린다. 2년 전그가 거듭해서 했던 말. 메이, 메이, 메이. "그래, 그건 메이였어. 엄마가 돌아가시기 전 달, 한 해의 다섯 번째 달." 나는 큰 소리로 말하면서 내 핸드폰의 타이머에 찍힌 시간이 줄어드는 모습을 지켜본다. 그때 불현듯 그 생각이 떠오른다. 그 영매는 영국인이어서, 만약 그가 하는 것처럼 내가 예약한 날짜를 숫자로 적었다면, 이렇게 표시됐을 것이다. 즉 날짜 먼저, 그다음에 달을 써서 6-5-2015. 미국인은 이걸 6월 5일로 읽는데 그 날짜는 바로 엄마의 서른 번째 기일이기도 했다. 무심코 그 사실을 깨달은 나는 하염없이 흐느껴 운다.

내가 그때 영매에게 너무 심하게 반발하느라 엄마가 말할 틈을 주지 않았던 걸까? 엄마는 거기 자신이 있다는 걸 내게 알리기 위해 또 다른 방법을 찾았던 걸까?

숫자 점은 일종의 믿음이자 숫자와 사건들 사이에 신비로운 관계가 있다고 믿는 것이다. 영매를 찾아갔을 때 나는 엄마가 그를 통해 말할 거라는 아주 희박한 희망을 간직하고 있었고, 심지어는 그것조차 나 스스로에게도 거의 인정하지 않았다. 내가 숫자에서 의미를 찾아낼 거라고는 결코 상상도 하지 못했다. 하지만 이제 그동안 내가 쭉 숫자에 집착해왔다는 점을 알게 됐다. 하나의 전조이자 내 과거를 이해할 수 있는 방식으로서, 그리고 그 숫자들이 드러내는 패턴을 보기 위해. 오직 아주 맑고 투명한 밤하늘에서만 알아볼 수 있는 별자리에 새겨진 것 같은 그 패턴을 보기 위해.

나는 오랫동안 내 이야기가 내 별들에 쓰여 있다는 생각을 고수해왔다. 내 출생에서부터 시작된 내 이야기에는 일종의 패턴이 있다. 미시시피에서 남북전쟁 때 정한 남군 전몰자 추도일 4월 26일, 그로부터 정확히 백 년 후 그날 서로 다른 인종 간의 화합으로 태어난 나의 이야기의 패턴. 내가 유일하게 기억하는 엄마의 생일 축하 파티가 엄마의 스물여섯 번째 생일 파티인 것. 반으로 쪼개진 수박 모양의 케이크를 엄마의 생일을 상징하는 스물여섯 개의 검은 씨로 장식했던 것이 기억난다. 그래서 내 스물여섯 번째 생일을 우울하게 보낸 것. 살아생전 엄마가 어땠는지 생생하게 기억나는 나이에 내가 도달했다는 걸 알고 있기에 우울했다. 우리가 애틀랜타에 온 해인 1972년은 스톤마운틴의 남부 연합 조각상이 마침내 완공된 해인 것. 내 이름은 그리스어로 '부활'이란 뜻이고, 이제 나는 두 번째 예수 그리스도의 해라는 시간을 맞고 있다고 생각한다는 것. 이 말은 엄마가 돌아가신 지, 그리고 엄마 없이 내가 어른으로 살아온 시간이 33년, 예수의 생애만큼 흘러버렸다는 뜻이다. 그래서 이제 나는 쉰둘에 이 두 번째 예수 그리스도의 해를 맞이하게 됐는데, 52는 물론 26의 2배수이다.

비이성적인 소리로 들리겠지만, 나는 자신이 통제하고 있다고 필사적으로 믿어야 할 필요가 있는 혼란에 질서를 부여하기 위해 이런 숫자 패턴에 간절하게 매달렸다. 혹은 적어도 내가 그 패턴을 알아볼 힘이 있다고 믿었다. 마치 고대인들이 자신들이 따라 살고 있다고 믿고 있는 신화들이 아주 크게 적혀 있는 별자리를 보게 되리라고 기대하며 밤하늘을 바라본 것처럼.

내 이성적인 마음은 내 비이성적인 마음이 무슨 짓을 하고 있는지 아주 잘 알고 있다. 그러니 이 두 개의 마음이 동시에 존재하도록 놔두지 않을 이유가 없지 않은가? 어쨌든 이것이 바로 내가 비유를 만드는 방식이기도 하다. 그래서 내가 갑자기 기쁨의 눈물을 흘리고 있는 걸 깨닫게 되었다. 마침내 이것이 하나의 신호라는 걸 믿을 길을 찾아냈기 때문에. 6-5-2015, 단순히 숫자들의 순서를 뒤바꿔서 그 영국인 영매가 적었을지도 모르는 날짜, 내가 그 영매와 만나 상담을 받는 동안 엄마가 정말 그 자리에 있었다는 증거를 찾아냈기 때문에.

나는 기뻐서 흐느끼지만 그런 감정은 금방 사라진다. 다시 이성적인 마음이 주도권을 잡았을 때 아주 깊은 결핍만을 느낀다. 엄마가 그 자리에 있었건 없었건 여전히 엄마는 내게 아무 말도 해주지 않았으니까. 곧 나는 오로지 나 자신의 어리석음과 절망 때문에 운다.

10장

증거

마지막 말

엄마가 죽던 날 경찰은 엄마가 그동안 써왔던 열두 페이지 분량의 문서를 증거로 확보했다. 그것은 줄이 쳐진 노란색 용지에 엄마가 손으로 쓴 것이었다. 그 용지의 맨 위쪽 가장자리에 이렇게 적혀 있다. "피해자의 침실에서 발견된 서류 가방에서 나온 증거. 6/5/85." 나는 25년이 지난 후에야 이 글을 보게 됐다.

나는 매 맞는 여자들을 위한 단체에 연락하기 오래전부터 그 단체에 대해 들었다. 나는 그들이 하는 일에 관한 눈에 띄는 기사는 다 읽었고 그들의 노고에 조용히 갈채를 보냈다. 나는 항상 이곳이야말로 내 아이들이 다 크면 내가 자원봉사를 하고 싶은 단체라고 느꼈다.

난 항상 내가 이 결혼에서 빠져나올 거라는 사실을 알고 있었다. 이 결혼은 애초에 일어나지 말았어야 할 일 중 하나였다. 이런 일이 일어난 이유는 그에게서 정서적 협박과 육체적 위협을 받았기 때문이다. 난 결코 남편을 사랑하지 않았고, 그 점에 죄책감을 느꼈기 때문에 최고의 주부이자 엄마 그리고 직원이 되기 위해 전력을 다했다. 남편은 내가 그를 사랑하지 않는 걸 알고 있었기 때문에 항상 내가 바람을 피우고 다닌다는, 말도 안 되는 비난을 퍼부어서 날 쩔쩔매게 했다. 그는 우리가 처음 만났을 때 내가 계속 다른 사람들을 만났던 일을 가지고 말도 안 되는 꼬투리를 잡았다. 그가 즐겨 하는 말은 "난 당신을 믿을 수 없어"라는 말이었다. 그도 항상 행복하지 않다고 말했기 때문에 나는 우리 아들이 대학에 입학해 집을 떠나면 우리는 우아하게 헤어질 거로 생각했다. 매년 아들의 생일을 맞을 때마다 또 1년이 지나갔다고 생각했다. 그렇게 8년이 흘렀다.

파국은 내가 직장을 바꾼 1978년 가을에 시작됐다. 그렇다고 해서 지난 9년 동안 아무런 문제도 없었다는 뜻은 아니다. 나는 주먹에 맞아 구멍이 난 게 벽인 것에, 망치로 두들겨 맞은 게 수납장인 것에 감사했다. 그동안 그의 폭행으로 입은 내 육체적 손상으로는 시퍼렇게 멍 든 눈, 턱의 가

171

는선골절, 멍 든 신장, 접질린 팔까지 다양했는데 그게 다 그가 '생각한' 말도 안 되는 이유들 때문이었다. 나는 재빨리 그의 기분을 판단하는 법을 익혔고, 그의 비위를 맞추는 데 도사가 됐다. 우리 부부의 문제 중 하나는 내가 직장에서 잘나간다는 점이었다. 그는 내 월급으로 우리가 살 수 있는 것들은 마음껏 즐겼지만, 내 성공은 질투했다.

내 새 일은 뜻밖에 찾아온 기회였다. 나는 새 일을 맡게 되면 가끔 출장 때문에 외박할 수도 있고 또 가끔은 근무시간이 아주 길어질 수 있다고 남편과 충분히 상의했고, 그래도 그 일을 하기로 우리는 같이 결정했다.

또 다른 중요한 문제는 내 첫 번째 결혼에서 낳은 내 딸에 관한 것이었다. 남편은 내가 그 딸을 우리가 낳은 아들보다 더 사랑한다고 주장했다. 그는 대놓고 딸아이를 괴롭히진 않았지만 계속 사소한 일로 아이를 들들 볶았다. 내가 둘 사이에 개입하려고 하면 상황은 오히려 더 악화됐다. 딸은 십대 초반의 시간을 대부분 자기 방에서만 보냈다. 직장에서 나는 출장을 가능한 한 적게 갈 수 있는 일정을 짜는 데 달인이 됐다. 내 동료들은 퇴근한 후에 한잔 마시는 자리나 다른 사교모임에 날 초대하지 말아야 한다는 사실을 금방 알게 되었다. 내가 항상 갈 수 없는 구실을 댔기 때문이다.

나는 동료들에게뿐만 아니라 자신에게도 변명했다. 아이들이 날 필요로 하니까. 나중엔 이런 일을 할 시간이 있을 거야, 이렇게. 이게 전적으로 진실은 아니었지만, 내가 필요로할 때 남편이 '거기 있어줄' 것이라고 기대할 수 없다는 사실을 난 알고 있었다. 마침내 1983년 여름, 무려 10년이 지난 후 나는 그렇게 미뤄놨던 일들을 하기 시작했다. 매번 그럴 때마다 남편의 반응은 점점 더 나빠졌다. 나를 향한 그의 비난과 협박은 점점 거세졌고, 생전 처음으로 그는 총을 꺼냈다······.

*

그날 밤을 아주 생생하게 기억한다. 우리는 식탁 앞에 앉아 있었다. 그는 정말 화가 난 건 아니었고 지극히 사무적으로 말하는 동시에 은근히 날 협박하고 있었다. 친구가 그에게 총을 한 자루 준 사실을 기억해낸 그가 갑자기 그 자리에서 벌떡 일어나 밖으로 나갔을 때, 나는 그가 총을 가지러 갔을 거라고 확신했다. 도망치고 싶었지만, 아이들이 2층에서 자고 있었다. 그래서 대신 집의 문을 다 잠그고 경찰에 신고했다. 그가 돌아왔을 때 막 문을 다 잠근 참이었다. 그가 집을 나간 줄 알고 문을 잠갔다는 내 설명을 그는 믿었다. 경찰이 도착했을 때 나는 울음을 터트렸다. 그는 나를 불쌍히 여기는 척하면서 자신은 절대 날 해치지 않을 것이고, 나를 너무나 사랑한다고 경찰을 안심시켰다. 경찰은 미소를 지으며 떠났다. 그 후에 남편은 으스스한 표정으로 날 보며 말했다. "경찰에 나를 신고하다니 마음에 안 드는데." 그러고는 아까 하던 협박을 마저 이어갔다.

*

그가 즐겨 하던 일 중 하나는 한밤중에 '토론'을 하는 것이었다. 나는 항상 여덟 시간은 자야 했다. 그래서 그렇게 한밤중에 자다 깨면 직장에서 아주 힘든 시간을 보내게 될 거라는 걸 그는 알고 있었다. 그런 토론의 빈도가 점점 늘어만 갔다. 나는 식이 장애와 수면 장애가 생기기 시작했다. 그러던 어느 날 직장에서 울음을 터트려 사무실에서 나가야 했다. 앞에 언급한 그런 모든 행동이 내게는 지극히 이질적인 행동이었다. 나는 급속도로 살이 빠져서 마침내 3s 사이즈도 너무 큰 지경에 이르렀다.

8월에 나는 엄마도 보고 여름방학을 맞아 할머니 댁에

간 딸도 데리러 갈 겸 엄마 집에 갔다. 살이 빠진 나를 보고 놀랄 엄마를 미리 대비시키기 위해 엄마에게 남편이 음주 문제가 있고 그것 때문에 부부 사이에 갈등이 있다고 말했다. (난 그 누구에게도 우리 문제를 털어놓지 않았다.) 아들을 데리고 떠날 때 남편에게 이런 식으로 계속 살 순 없으니 부부 상담을 받아야 한다고 했다. 남편이 긍정적인 답변을 할 거라고는 기대하지 않았다. 5년 전에 같은 제안을 했을 때 그가 이렇게 말했기 때문이다. "우리의 유일한 문제는 내가 당신을 믿을 수 없다는 거야."

이번에는 남편이 날 속이고 내가 돌아올 때 맞춰 상담 서비스에 연락해서 예약을 해뒀다. 집을 떠나 있을 때 주치의에게 진료를 받았는데 그는 내게 우울증이라고 진단을 내렸고, 내가 자살 충동을 느끼지는 않는다고 안심시킨 후에야 약을 처방해줬다. 의사는 이렇게 말했다. "당신이 처한 상황에 대처하는 데 도움이 될 수 있는 뭔가를 줄 순 있지만, 거기서 빠져나오는 게 유일한 해결책입니다."

상담 시간은 즐거웠다. 10년 만에 처음으로 너무나 오랫동안 억눌러왔던 모든 감정을 마음껏 말할 수 있었다. 어느 날 상담사가 내게 다음 한 주 동안 뭐든 내가 하고 싶은 것, 오직 그것만 하라고 했다. 나는 땅거미가 지는 가운데 바람에 머리를 나부끼며 고속도로를 신나게 달렸던 것을 가장 즐거운 일로 기억한다.

두 달 동안 상담 치료를 받은 후 마침내 일어난 일은 내가 이 관계에서 벗어나기 위해 8년을 더 기다리고 싶지 않다는 사실을 깨달은 것이었다. 나는 당장 이 관계를 끝내고 싶었다. 어느 날 상담에서 이렇게 말했을 때 남편의 눈에서 끓어오르는 격노를 볼 수 있었다. 그는 분노가 폭발해서 지독한 욕설을 퍼붓더니 상담실 문을 쾅 닫고 나가버렸다. 나는 경악해서 그 자리에 앉아 있었다. 그의 격렬한 반응에 놀랐을 뿐 아니라 내게 애초에 그런 말을 할 용기가 있었다는 사실에 놀랐다. 버스비가 없었기 때문에 어떻게 집에 가야 하나 고민했는데, 밖을 내다보자 그가 기다리고 있었다. 그는 미친 사람처럼 차를 몰다가 조깅하는 사람을 칠 뻔하고는 창밖으로 고개를 내밀어 그 사람에게 욕을 퍼부었다. 나는 두려워서 아무 말도 하지 못한 채 구석에 몸을 움츠리고 앉아 있었다.

집에 도착한 후에 그가 곧바로 나가버려서 나는 행복하기도 하고 불안하기도 했다. 나는 당연히 불안해할 만했다. 돌아왔을 때 그가 나를 깨웠고, 우리는 '토론'을 하러 부엌으로 갔다. 그는 식탁 앞에 앉아 칼을 만지작거렸다. 그는 자주 칼을 가지고 나를 협박했다. (한번은 칼로 내 얼굴을 어떻게 그어버릴지에 대한 그림을 그린 적도 있었다.) 그는 아주 침착하게 내가 그를 떠나기로 했기 때문에 나를 죽일 거라고 말했다. 내가 그를 떠나면 날 죽일 거라고 이전에 말했다는 사실도 내게 일깨워줬다. 나는 그에게 애원하기 시작했고, 아이들도 언급했다. 그는 아이들도 죽이고 자살하겠다고 대답했다…….

그는 내게 잘 대해주고 싶다고 하면서 어떤 식으로 죽고 싶은지 그 방식을 직접 고르게 해주겠다고 했다. 내가 대답하지 않자 그는 칼을 내 목에 대고 알겠다고, 이걸로 나를 죽이겠다고 말했다. 그래서 나는 우울증 약을 먹겠다고 대답했다. (나는 처방받은 약을 대부분 남겨뒀다. 내가 그 약을 먹는 걸 남편이 싫어했기 때문이다. 한번은 그 약을 한 알 먹었다가 너무 독해서 다음 날 정신이 혼미한 상태로 걸어 다니기도 했다.) 목에 칼을 댄 채 나는 우울증 약을 세 알 먹고 기절했다. 마지막으로 기억나는 건 약에 반쯤 취한 채 남편에게 안겨서 2층 침실로 올라와 침대에 눕혀진 것이다. (가장자리에 적힌 내용: "그날 밤 몇 번이나 남편이 내 목을 조르는 게 느껴졌다.")

다음 날 아침 머리가 흐리멍덩한 상태로 깼지만, 그래도 출근해야 했다. 청문회에 출석해서 증언하라는 소환장을 받았기 때문이다. 그는 부엌으로 와서 분명 나중에 후회할 걸 알지만 일단은 나를 살려두기로 했다고 말했다. 하지만 내가 그를 불쾌하게 만드는 짓을 하나라도 하면, 아무 말도 하지 않고 내가 잘 때 그냥 죽여버리겠다고 했다. 그날부터 소화불량이 시작됐다.

그 주는 멍하니 흘러갔다. 그다음 주 월요일이 왔을 때 남편이 이제 더는 상담하지 않겠다고 말했다. 내가 화요일에 상담사에게 전화해서 말하자 상담사가 무슨 일이 있었냐고 물었다. 내가 사정을 설명하자 아이들과 내가 집에 계속 있는 건 위험하다고 했다. 남편이 현실에 대한 대처를 잘하지 못하고 있으며 그런 식으로 반응하리란 걸 자신은 오래전부터 알고 있었다고 말했다. 상담사는 매 맞는 여자들을 위한 단체에서 일하는 레나 비숍을 소개해줬다.

레나에게 전화할 용기를 내기까지 하루가 걸렸다. 나는 남편에게 들은 말의 여파가 얼마나 심각한지 깨닫고 충격에 빠져 있었다. 처음에 전화했을 때는 레나가 부재중이어서 다른 상담사가 대신 도와줘도 되는지 물었다. 내가 그 상담사에게 전화한 이유를 설명하자 나의 재정적인 상황을 물어보더니 내게 경제적 여유가 있는 걸 알고 구세군에서 운영하는 보호시설을 소개해줬다. 그 후에 레나와만 통화하게 됐다. 나는 레나의 연민과 솔직함에 바로 감동했다. 내가 지금 뭘 하고 싶은지에 대해 모호하게 얼버무릴 기회조차 없었다. 레나는 나에게 존 스위트란 변호사를 소개하면서 의뢰인을 보호해야 할 필요성이 있는 이혼 사건을 다루는 데 명성이 높다고 언급했다. 레나는 나에게 목요일에 그 변호사와 만나보고 다시 자신에게 연락하라고 당부했다.

나는 금요일 2시에야 비로소 존을 만날 수 있었다. 그도 레나처럼 일 처리가 확실한 사람이었다. 4시에 그는 내게 곧바로 이혼 절차를 밟고 보호 명령을 신청하라고 말했다. 그는 내가 당장 집에서 나오길 바랐지만, 나에겐 그럴 만한 시간이 없었다. 그는 월요일 아침 9시까지 자신의 사무실로 오라고 했지만, 그날은 휴일이라 남편이 집에 있어서 우리는 화요일 아침에 만나기로 했다. 그가 내게 마지막으로 한 질문은 이것이었다. "주말 내내 남편을 상대할 수 있을 것 같아요?"

나는 그렇게 했다. 그건 내가 지금까지 해본 것 중 가장 힘든 일이었다. 나는 가만히 앉아서 앞으로 뭘 해야 할지 계획을 세우려 했고, 남편은 그런 날 보며 무슨 생각을 하고 있느냐고 물었다. 그는 내가 너무 말라서 '살을 좀 찌워야' 한다고 했고 우리는 그의 엄마를 보러 갔다.

탈출한 그날은 비가 내리고, 춥고, 을씨년스러웠다. 나는 전날 밤 딸의 방으로 들어가서 집을 떠날 거니까 가지고 가고 싶은 걸 챙기라고 했다. 그리고 학교로 차를 가지고 딸을 데리러 가기로 했다. 아들은 자다가 깨서 토했다. 나는 아들이 옷을 갈아입는 걸 도와주고 침대에 눕혀놨다. 남편은 아침 7시 30분에 집을 나갔다. 존의 사무실에 가기까지 한 시간이 남아 있었다. 하지만 짐을 챙기는 데 한 시간 20분이 걸렸다. 겨울 코트 같은 것들은 친구 집에 가져다 놓고, 서둘러 짐을 차에 던져 넣고, 아들과 개를 차에 태웠다.

나는 겁이 났다. 우리는 존의 사무실에서 법원으로 갔다. 모든 서류가 정식으로 제출돼 있었다. 나는 레나에게 전화해야 한다는 걸 알고 있었다. 아들은 우리가 휴가를 떠나는 줄 알고 있었다. 그래서 첫날 밤은 호텔에서 보내기로 했다. 거리에 있기가 두려웠다. (남편은 대낮에도 자주 집에 왔다.) 호텔에서 짐을 풀고 레나에게 연락했다. 레나는 나에게 딸을 재워줄 친구를 찾아보고(딸이 보호시설에 있는 아이들보다 나이가 많았기 때문에), 그다음에 아들과 같이 곧바로 오라고 했다. 나는 다음 날 가겠다고 했지만, 레나는 다음 날에도 빈방이 있을지 보장할 수 없다고 말했다. 학교로 딸을 태우러 갔을 때 딸이 희소식을 전해줬다. 반 친구 하나가 자기 집에서 자자고 했다는 것이다. 다음 날 보호소는 다 차서 빈방이 없었다. 레나는 교회에서 운영하는 보호소를 하나 소개해줬다. (그곳은 공교롭게도 남편의 직장 근처에 있었다.) 그때 지금 우리가 거리에 나와 있다는 공포가 세 배로 커졌다. 그렇게 두 시간이 흘렀을 때 레나가 전화해서 단체에서 운영하는 보호소에 우리가 지낼 방이 하나 있다고 알려줬다.

그 보호소가 시설에서 운영하는 것이 아니라 대학 기숙사 ─ 다만 아이들이 있는 ─ 처럼 보여서 기쁘고 놀랐다. 우리는 거기서 가장 '좋은' 방을 받았다. 그렇다 해도 침실 네 개짜리 집에서 살다가 그런 곳에서 지내려니 적응하기가 쉽진 않았다. 먼저 거기서 입소 절차를 밟아야 했다. 내 교육 수준과 직위와 월급을 들은 거기 직원들의 반응은 흥미로웠다. 그들은 모두 입을 모아 "와, 나보다 훨씬 더 많이 버는데" "나는 아직 사회복지 석사는 못 땄는데" "내가 취직하는 데 당신이 도울 수도 있겠네" 같은 말을 했다. 그들은 날 위해 그들이 해줄 일은 없겠다는 결론을 내렸다. 내게 법적인 지원도, 복지도 필요 없고, 공공 주택이나 직장을 구해줄 필요도 없다고 했다. 나는 정신적으로나 육체적으로나 너무 피곤해서 그 말에 이의를 제기하지도 못했다. 그때 내게 정말 필요했던 건 따뜻한 차 한 잔이었다……

나는 읽어야 할 여러 가지 '규칙 리스트'를 받은 후 혼자 남
겨졌다. 저녁이 준비되고 있었는데 몇 주 만에 처음으로 배
가 고팠다. 누군가 저녁이 다 됐다고 소리를 지르는 걸 듣고
용기를 내서 식당으로 나갔다. 나는 거기 서서 주위를 둘러
보고 몇 분 동안 지켜본 후에 접시 하나를 들고 앉았다. 많
이 먹지는 못했다.

*

엄마가 적은 건 여기까지였다. 이렇게 글을 쓰면서도
엄마는 여전히 희망을—완전한 희망은 아닐지라도—가졌
던 게 분명했다. 엄마의 이야기는 탈출의 이야기, 새로 시작
하는 이야기가 될 거라고. 엄마의 앞길에는 해피엔딩이 기
다리고 있을 거라고. 엄마는 그런 행복한 결말을 살게 될 거
라고 믿고 있었을 것이다. 나는 오슨 웰스가 했던 말을 떠올
린다. "당신이 해피엔딩을 원한다면, 그건 물론 어디서 이야
기를 끝내느냐에 달렸다."

11장
할렐루야

엄마가 날고 있다. 엄마는 싱긋 웃고 있고, 엄마의 가녀린 팔은 마치 날개처럼, 마치 엄마가 새인 것처럼 물결치듯 움직이고 있다. 1984년 한여름이다. 라디오에서 모리스데이앤드더타임의 노래가 흘러나오고 있다. 그 노래—엄마가 새로 좋아하게 된—는 '새(The Bird)'다. 엄마는 마치 새처럼, 자유롭게 하늘 높이 날아오를 것처럼 춤을 춘다. 그리고 마침내(꺅, 할렐루야!) 엄마는 날고 있다. 엄마가 그 무엇에도 얽매이지 않고 이렇게 자유로운 모습을 본 건 몇 년 만에 처음이다. 엄마는 말하지 않지만, 우리는 축하하고 있다. 조엘은 감옥에 있고, 거의 1년에 달하는 징역형이 남아 있고, 엄마는 10년 만에 처음으로 자유다.

이 순간 우리는 엄마가 탈출 계획을 실행에 옮긴 1983년 가을밤에서 아주 멀리 와 있다. "가져가고 싶은 건 다 옷장 앞쪽 서랍장 위에 쌓아놔. 학교 끝나면 버스 타고 집에 오지 말고. 엄마가 차로 데리러 갈게." 엄마가 말했다. 나는 그 어떤 설명도 들을 필요가 없었다. 아마 이런 날이 올 줄 알고 있었던 것 같다. 엄마의 참고 또 참는 얼굴이나 평소 날 볼 때 짓는 미소에서가 아니라, 그 전 몇 주 동안에 엄마가 했던 행동이 뭔가 다르다고 느껴서.

내가 고등학교 다닐 때 엄마와 나는 같이 시간을 보낸 적이 별로 없었다. 그래서 어느 날 밤 부엌에 가서 볼일 때문에 밖에 좀 나갔다 와야겠다고 말했을 때 엄마가 갑자기 내게 애착을 보이는 모습을 보고 어떻게 해석해야 좋을지 알 수 없었다. 그때 조엘은 식탁 앞에 긴 다리를 꼬고 앉아서 엄마가 조리대를 닦는 모습을 지켜보고 있었다. 그는 얼굴을 비스듬히 기울여서 왼쪽 눈으로 엄마를 보고 있었다. 그 눈은 그가 화났을 때는 평소보다 더 튀어나온 것처럼 보였다. 내가 계단을 내려왔을 때 둘은 이야기를 하고 있지 않았거나, 아니면 너무 작은 소리로 해서 내가 들을 수 없었는지도 모른다. 엄마가 내 말에 흠칫하면서 소녀처럼 "나도 같이 갈래!"라고 소리쳐서 나는 놀랐다. 나와 같이 걸으면서 엄마는 내 손을 꼭 쥐고 조금 흔들기까지 했다. 마치 예전에 내가 그랬던 것처럼, 엄마 옆에서 깡충깡충 뛰는 작은 아이였을 때 그랬던 것처럼.

내 손을 잡은 엄마의 손에서 전해지는 느낌이 아마 매개체가 됐는지도 모른다. 어느새 나는 몇 년 동안 비밀로 하고 있었던 일들을 마침내 다 털어놓고 있었다. 엄마가 집에 없을 때 그는 날 너무나 못살게 굴어요. 전에는 엄마가 장을 보러 가는 토요일 아침에는 엄마가 돌아올 때까지 방에서 자는 척하면서 혼자 있을 수 있었는데. 이제는 엄마가 집에서 나가자마자 그가 내 방에 들어와서 날 괴롭혀요. 이렇게 말하는 내 목소리가 들렸다.

그로부터 얼마 지나지 않은 10월의 어느 월요일 밤 엄마는 내 방문을 노크하고 조용히 들어왔다. 엄마는 말을 하는 동안 마치 자신을 껴안는 것처럼 팔짱을 끼고 있었다. 나는 침대에 누워 책을 읽고 있었다. 지금 그 생각을 할 때면 머릿속에서 내 목소리만 들린다. 가져가고 싶은 건 다 옷장 앞쪽 서랍장 위에 쌓아놔. 학교 끝나면 버스 타고 집에 오지 말고. 엄마가 차로 데리러 갈게. 그 장면이 머릿속에 재현될 때마다 엄마의 모습만 보이고, 목소리는 오래전에 사라져버렸다. 나는 엄마가 뻣뻣하게 움직이는 모습을 지켜본다. 그 어느 때보다 수척한 몸에 노란 목욕 가운을 입은 엄마는 돌아서서 복도를 지나 그가 텔레비전을 보면서 엄마를 기다리고 있는 방으로 걸어간다.

난 잘 거야. 그리고 잠이 깨면 다시는 그를 보지 않을 거야. 그런 생각을 했던 기억이 난다. 하지만 난 그를 다시 만났다. 채 일주일도 못 가서. 엄마를 찾을 수 없었던 그는 내가 금요일 밤에 있을 거라고 알고 있는 곳으로 찾아왔다. 팬서스빌 경기장에서 하는 고교 미식축구 경기였다. 내가 다른 치어리더들과 함께 경기장을 동그랗게 둘러싼 트랙에 나와 있을 때, 그가 매점으로 통하는 문에서 나와 층계참에 올라섰다. 당시 무슨 일이 벌어지고 있는지 아는 사람은 몇 명 없었다. 그중 나의 절친과 그 아이의 아빠가 몇 줄 위에 있는 관람석에서 나를 마주 보며 앉아 있었다. 그들은 조엘이 내게 다가올지 지켜보고 있었다. 그가 내게 올 거라고 우리가 짐작한 이유는 기억이 나질 않는다. 아마 여성 보호시설에 있어서 그가 그동안 찾을 수 없었던 엄마에게 메시지를 전하려고 한다는 게 말이 되었던 것 같다.

내가 관람석 맨 위쪽 문간에 서 있는 그를 발견하고 안 그런 척하면서 그를 지켜보는 사이에 그가 천천히 내려왔다. 그의 얼굴에 내가 전에도 본 적이 있는 사나운 표정이 떠올라 있었다. 그의 아프로 헤어스타일은 보기 흉했고, 오른쪽보다 더 큰 왼쪽 눈이 불룩 튀어나와 있었다. 그가 내 친구와 그의 아버지 바로 앞에 있는 의자에 앉았을 때 더는 그를 못 본 척할 수 없었다. 나는 미소를 지으면서 그에게 손을 흔들며 소리는 내지 않은 채 입술만 달싹여서 말했다. "안녕, 빅 조."

*

안녕, 빅 조, 나는 그에게 말했다. 그는 얼마 안 있고 금방 가버렸다.

몇 년 후에 나는 법원 문서에서 그가 재향군인 병원에 있는 자신의 정신과 의사에게 그때 총을 가져갔다고 한 말을 읽게 됐다. 그는 그때 엄마를 벌하기 위해 그 미식축구장의 트랙 위에 있는 나를 죽일 계획이었다고 했다. 그러지 않았던 이유는 내가 그에게 손을 흔들면서 친절하게 인사했기 때문이라고 그가 재판을 받는 중에 말했다.

그때 그 장면이 그 후로 오랫동안 내 뇌리에서 떠나지 않을 거라는 걸 나는 알지 못했다. 그가 한 말을 읽기 전에도 그에게 손을 흔들었던 내 행동이 엄마를 배신한 것처럼 느껴졌다. 어쩌면 그때도 나는 알고 있었을까, 내 몸이 먼저 알아차렸을까? 내가 한 어떤 행동이 그 후로 일어난 사건들의 방향을 바꿔버렸다는 걸? 그가 법정에서 주장한 것처럼 자신의 의도대로 날 죽였더라면, 그는 체포돼서, 유죄판결을 받고, 감옥에 갇혔을 것이다. 그에게 미소를 지으며 인사함으로써 나는 나도 모르게 내 목숨을 구했다.

*

법원에 이혼 신청서를 낸 후 12월이 됐을 때 엄마가 신청한 이혼 절차가 마무리됐고 엄마와 조이와 나는 스톤마운틴의 메모리얼 드라이브에 있는 새 아파트로 이사 갔다. 엄마는 이혼하라는 판결이 나올 때까지 기다린 후 전에 우리가 살던 집으로 돌아가 거기 남은 우리 물건을 챙기고 집을 청소해서 팔려고 내놨다. 빨리 정리해야 했다. 조엘이 재향군인 병원에 자발적으로 입원했기 때문에 거기 있는 의사의 권고에 반해서 언제든 마음대로 퇴원할 수 있었다. 엄마는 내게 지하실을 비우는 일을 맡겼는데, 거기엔 정리해야 할 오래된 서류들이 여러 박스 있었다. 나는 엄마에게 절대 말하지 않았지만, 그때 조이가 내 생각과 달리 조엘이 데려온 아이가 아니라 나와 아버지만 다른 형제란 사실을 알게 됐다. 나는 엄마의 이름이 적힌 조이의 출생증명서를 오랫동안 빤히 보면서 왜 엄마가 할머니에게 그런 사실을 말하지 않았는지 이해할 수 없었다. 나처럼 할머니도 조이가 다른 여자가 낳은 아들인 줄 알고 있었다.

그 비밀을 알게 된 충격은 곧 이삿짐 트럭에 뭔가를 실으려고 밖에 나갔을 때 창피함으로 바뀌었다. 엄마는 조엘이 서재의 홈 바 뒤에 놔뒀던 포르노 잡지를 한 권도 빼지 않고 우체통 옆에 있는 연석 위에 쌓아놨다. 거기에는 다섯 뭉치가 놓여 있었는데 그 하나하나의 높이가 1미터가 조금 넘었다. 근처 사는 남자아이들이 가져갈 수 있는 한 최대로 그 잡지들을 낚아채서 자전거를 타고 멀어지는 모습을 보면서 나는 수치심에 사로잡혔다.

엄마는 아무렇지 않은 듯 연석 위에 버려야 할 물건들을 계속 내놓고 있었다. 도망치기로 한 이상 이제 이 집의 더러운 비밀 같은 걸 지키는 데 아무 관심이 없어져버린 것 같았다. 엄마는 모든 걸 다 드러내고 있었다. 조엘과 함께 살았던 우리 삶의 진실이 이제 환한 대낮에 그리메트라는 이름이 새겨진 우체통 바로 옆에 적나라하게 드러나 있었다.

*

　나는 새로운 삶에 아주 쉽게 적응했다. 나는 이제 고등학교 졸업반이어서 직접 운전해서 학교를 오가며 수업을 받고 치어리더나 운동 연습을 하러 다닐 수 있었다. 오후에는 조엘이 집에 있을지 모른다는 걱정 없이 안심하고 집에 올 수 있었다. 집에 오면 곧장 내 방으로 가지 않고 이제는 부엌이나 방충망을 친 현관에 앉아 책을 읽으며 차를 마실 수 있었다. 오후에 내가 즐겨 먹던 간식은 껍질이 딱딱한 빵 한 덩이와 엄마가 날 위해 남겨놓곤 했던 맛있는 치즈였다. 눈부시게 하얀 접시 위에 섬세하게 대칭을 이뤄서 놓인 빵과 치즈 그리고 그 위에 뿌린 꿀 약간으로 이뤄진 그 음식은 그토록 오랫동안 혼란스러운 세월이 흐른 후에 엄마가 날 위해 만들어낸 조용한 삶의 질서를 아름답게 구현한 것처럼 보였다. 엄마는 매주 냉장고에 아침과 저녁 메뉴를 붙여놨다. 몇 년 만에 처음으로 모든 것이 정상으로 느껴졌다. 학교에서 내 행동을 지켜보는 선생님들에게는 달라진 게 하나도 없는 것처럼 보였겠지만. 엄마가 동료들에게 그랬던 것처럼, 나도 우리가 달아난 그 집에서 어떤 일이 있었는지 아무에게도 말하지 않았다.

내 동생은 새로운 생활에 나만큼 잘 적응하지 못했다. 엄마는 동생이 아빠와 헤어지게 된 트라우마에 대처할 수 있도록 동생을 데리고 아동심리학자에게 상담을 받으러 다녔다. 동생은 학교에서 문제를 일으켰고 종종 뚱해져 있었다. 어느 날 조이를 행복하게 해주기 위해 엄마는 동생이 계속 사달라고 졸랐던 신발을 사주기로 했다. 그 신발은 아동 사이즈는 나오지 않는데도. 나를 옆에 태운 채 엄마가 차를 몰고 시내를 몇 시간씩 돌아다니면서 동생의 발에 맞는 작은 크기의 파란색 스웨이드 아디다스 운동화를 찾으려고 애를 썼던 일이 기억난다. 그때는 크리스마스 몇 주 전이었고, 라디오에선 도니 해서웨이의 '이번 크리스마스(This Christmas)'가 흘러나오고 있었다. 그때 엄마가 볼륨을 키우고 그 노래를 어찌나 행복하게 따라 부르던지 나는 이 노래가 앞으로 다가올 모든 크리스마스를 축하하는 노래가 되는 상상을 하기 시작했다. 나는 그 노래를 아주 좋아하지만, 이제는 기쁨과 조금은 슬픔이 서린 눈물을 흘리지 않고는 그걸 들을 수 없다.

*

아주 짧은 휴식과도 같은 두 달을 보낸 후 1984년 밸런

타인데이에 엄마를 살해하려는 조엘의 첫 시도가 있었다. 그날 아침에 내가 아파트 뒤쪽에 있는 내 방에서 학교 가려고 옷을 입고 있을 때 조이가 내 방문을 두드렸다. 조이는 그 전에 식탁 앞에 앉아 아침을 먹고 있었다. "방금 엄마랑 아빠가 차에 타고 같이 가는 걸 봤어." 조이가 내게 말했다. 나는 곧장 뭔가 잘못됐다는 걸 알았고, 조이도 그걸 감지한 게 틀림없다는 생각이 들었지만 내가 걱정하는 걸 조이에게 알리고 싶지 않았다. "알았어. 부엌으로 돌아가서 아침 마저 먹어. 그건 내가 알아서 할게." 내가 말했다.

나는 먼저 할머니에게 전화한 후에 매 맞는 여성의 보호소에 전화했다. 전화를 받은 여자가 내 동생이 본 광경을 내가 설명하는 걸 조용히 들었다. "어쩌면 그들은 그냥 어디 이야기하러 간 게 아닐까." 그 상담원이 말했다.

나는 그 대답이 마음에 들지 않았다. 보호소에 있는 사람들은 이런 상황에 대해 잘 알고 있어야 한다는 걸 난 알고 있었고, 이번에는 내가 하는 말에 적절한 방식으로 대응하고 뭔가 실제로 조처를 할 사람이 있기를 바랐다.

"아니에요. 엄마는 절대 그 사람이랑 차를 타고 어디 가지 않아요. 절대로." 내가 말했다.

전화한 후에, 조이를 버스 정류장에 데려다주고 학교

로 갔다. 기이하게도 마침내 엄마에게서 연락이 오기 전까지 학교에서 보냈던 몇 시간이 전혀 기억이 나지 않는다. 그저 그날 밤 다시 엄마를 본 순간만 기억난다. 엄마는 지쳐보였고 다리를 조금 절면서 천천히 움직였다. 내가 엄마를 껴안자 엄마는 움찔하고 놀랐다.

엄마가 그날 겪었던 시련에 대해 말해준 얼마 안 되는 이야기 중에 내 마음속에 항상 남아 있었던 세부 사항은, 그날 누군가가 아파트 문을 두드렸다는 것이었다. 그러자 조이와 내가 이미 학교에 갔다고 확신한 조엘은 엄마를 불렀다. 엄마는 그날 식기세척기를 수리해달라고 관리인을 불렀기 때문에 문을 열어주러 나가야 한다고 그에게 말했다. 그 전에 엄마는 지연 작전을 쓰면서 어떻게든 자신의 목숨을 연장하려고 애를 쓰고 있었고, 심지어 그가 자신의 발기불능을 엄마 탓으로 돌렸을 때 그와 섹스를 해서 시간을 벌려고까지 했다. 바로 그때 그 노크 소리가 들린 것이다. 우리 식기세척기는 멀쩡했고 엄마는 관리인을 부른 적이 없었지만, 아무도 대답하지 않는다면 관리인이 문을 따고 들어올 거라고 조엘이 생각할 거라는 걸 엄마는 알고 있었다. 사실 그 문은 경찰이 두드린 것이었고, 그 순간 엄마는 경찰이 자신의 목숨을 구했다는 걸 알았다고 말했다.

디캘브 카운티 경찰서

사건 번호 84-037377

　궤덜린 그리메트 진술서

주소: 메모리얼 드라이브 5400, 아파트 18D

성별: 여성

신장: 170센티미터

체중: 53킬로그램

인종: 흑인

H.P. 브라운 수사관이 진술받음

날짜: 1984년 2월 14일

시간: 11시 3분

1984년 2월 14일 대략 오전 7시 15분에 나는 내 아파트에
서 나와서 관용차에 타려고 했습니다. 그때 전남편인 조엘
그리메트가 우리 아파트 근처에 있는 수풀에서 갑자기 나와
서 내게 다가왔습니다. 나는 그에게 원하는 게 뭐냐고 물었
습니다. 그는 이야기가 하고 싶다고 말하고 차에 타라고 했
습니다. 내가 거부하자 그가 내 머리를 후려쳤습니다. 나는
비명을 질렀습니다. 그가 다시 나를 때리면서 자기에게 총
이 있다고 했습니다. (그는 재킷 주머니 속의 권총처럼 보이는 것으로
나를 겨누고) 한 번 더 소리를 지르면 그 자리에서 쏴버리겠다

고 했습니다. 나는 우리 아들이 지금 창문으로 우리를 보고 있다고 하면서 그를 말리려고 했습니다. 그러자 그는 돌아서서 아들에게 손을 흔들었습니다. 그다음에 내가 가지고 있던 차 열쇠를 뺏고, 조수석 문을 연 후에, 나를 억지로 태웠습니다. 그때 그에게 칼이 있는 걸 봤습니다. 나는 그가 관용차를 운전하는 건 불법이라고 했지만, 그는 들으려 하지 않았습니다. 지금 어디로 가는 거냐고 묻자 그는 나와 이야기하고 싶고, 나를 직장으로 데려갈 거라고 했습니다. 어떻게 여기까지 왔느냐고 물었지만, 그는 대답하지 않았습니다.

그는 차로 메모리얼 드라이브를 달렸습니다. 285번 도로에 가까워졌을 때 나를 직장에 데려다주려면 메모리얼 드라이브를 쭉 따라가는 것이 더 빠르다고 그에게 말했습니다. 그는 285번 도로를 타고 남쪽으로 가서 커빙턴 고속도로에서 빠져나온 후에 돌아서 285번 도로 북쪽으로 들어온 후 메모리얼 드라이브로 나왔습니다. 우리는 그 길로 계속 가서 시네마파이브 극장으로 갔습니다. 그는 거기서 차를 돌려서 다시 내 아파트로 돌아왔습니다. 그는 내게 아파트로 들어가라고 하고, 직장에 전화해서 30분 안에 출근할 거라고 말하라고 시켰습니다. 그는 내가 다른 말을 할 경우엔 코드를 빼버리려고 전화기 코드를 손으로 잡은 채 내가 하는 말을 들었습니다. 그다음에 내게 앉으라고 하고―나는 소파에 앉았습니다―코트를 벗으라고 했습니다. 그때까지 내내(이때가 7시 50분이었습니다. 그는 우리가 아파트로 돌아오기 전에 아이들이 다 학교에 가 있게 하려고 했던 겁니다) 그는 나와 가까운 사람들을 해치겠다는 이야기를 했습니다. 그는 내 딸(그의 딸이 아니라)과 나의 어머니를 해치겠다고 했습니다. 그동안 내 딸을 미행하고 있었다면서(그 전에 나도 미행했다고 말했습니다) 언제든 내 딸을 쏠 수 있다고 말했습니다. 그는 내게 침실로 가서 침대 위에 앉으라고 했습니다. 내가 그렇게 하자 주먹으로 내 입과 눈 근처 그리고 머리를 여러 번 후려쳤습니다. 나는 비명을 지르기 시작했습니다. 그는 다시 내 배를 주먹으로 치면서 입을 닥치지 않으면 내 허리를 부러뜨리겠다고 했습니다.

나는 그를 이성적으로 설득하려고 애를 썼지만, 그는 계속 나를 믿을 수 없고 내가 그를 떠나기 전에 죽였어야 했다는 등의 말을 하고 또 했습니다. 그다음에 그는 내가 어떻게 죽을지 알고 있느냐고 물었습니다. 나는 모른다고 했습니다. 그는 정말 평화로운 죽음이 될 거라고 하면서 투명한 액체가 들어 있는 주사기 하나를 꺼냈습니다. 그는 내게 이게 뭔지 아느냐고 물었습니다. 나는 모른다고 대답했습니

196

다. 그는 내가 그에게서 모든 걸 빼앗아 갔다는 이야기를 하기 시작했습니다. 그리고 이제 자기는 발기불능이 됐다고 했습니다. 나는 그걸 하나의 신호로 받아들이고 시간을 벌기 위해 그건 사실이 아니라고 말했습니다. 그에게 자살해선 안 된다고 말했습니다(그때쯤 되자 그는 나를 죽이고 자살하겠다고 했습니다). 그는 내 아파트의 열쇠를 가지고 있어서 전에도 여기에 들어와본 적이 있다고 했습니다. 그러더니 그가 읽은 내 개인적인 우편물의 내용을 읊어서 그 말을 입증했습니다. 그리고 담배 한 개비에 불을 붙였는데 담배가 아주 가늘었습니다. 그게 마리화나냐고 물었더니 그렇다고 했습니다. 내가 언제부터 그걸 피우기 시작했느냐고 묻자 내가 떠난 후에 시작했다고 대답했습니다. 그는 주머니에서 끈(천으로 된)을 하나 꺼내서 내 두 손을 묶으려 했습니다. 우리는 몸싸움을 했고, 그가 날 두들겨 팬 후에 침대에 앉아 있던 나를 바닥으로 던지고 발로 찼습니다.

그 순간 나는 너무나 두려워졌습니다. 정신과 의사가 그에게 계속 입원해야 한다고 말했다는 사실을 그가 인정했기 때문입니다. 그는 심지어 그 전주 금요일에 병원에 들어가기도 했다고 말했습니다. '날 계속 지켜보지' 않으려고 말입니다. 나는 죽기 전에 섹스하자고 그를 설득했습니다. 그는 그 설득에 넘어갔습니다. 그리고 조이가 집에 와서 이걸 보면 안 되니까 나를 다른 곳으로 데려가달라고 했습니다. 그는 내가 도망칠 거라고 했지만 그가 내 시체를 '없애버릴' 것이기 때문에 걱정할 건 없다고 했습니다. 그러고는 주사기를 꺼내서 내 팔뚝에 찔러 넣기 시작했습니다. 나는 그에게 도움을 청하라고, 내가 도와주겠다고 계속 설득하려 했습니다. 그는 거절하면서 자신은 '쉬운' 탈출구를 원한다고, 그는 내일이면 죽을 거고, 어쩌면 우리는 사후 세계에서 언젠가 다시 만날 거라고 했습니다. 그때 경찰이 문을 두드렸습니다. 나는 관리인이 왔다고—관리인이 내 대답에 상관없이 집 안으로 들어올 거라고—말하고 내 가운을 집어 든 후에, 잠깐만 기다리라고 말하고 문으로 달려가 열었습니다.

궨덜린 그리메트

조엘이 유죄 선고를 받은 후에, 우리가 처음 도망친 후 느꼈던 안도감이 다시 돌아왔다. 이번에 그는 더는 우리 세계에 있지 않았다. 길에서 그와 우연히 마주칠 가능성도 없었고, 그가 우리에게 접근할 길도 없었다.

몇 년 만에 처음으로, 엄마가 그와 결혼해서 살았던 그 오랜 세월 후 처음으로 엄마와 나는 다시 가까워졌다. 내가 어렸을 때 애틀랜타에 처음 도착해서 몇 달 동안 그랬던 것처럼. 그래서 그 장면이 계속 떠오른다. 엄마가 춤을 추고 내가 웃으면서 그 노래의 박자에 맞춰 손뼉을 치는 그 장면이. 그때는 1984년 한여름이고, 라디오에서 모리스데이앤드더타임의 '새'가 흘러나오고 있다.

마침내 엄마가 하늘 높이 날아오른다. 엄마의 기쁨이라는 날개는 한계 없이, 아무런 제약 없이 활짝 펼쳐진다.

12장

밝혀진 사실

만약 당신이 내 인생에서 얼마나 많은 부분을 내가 망각으로 잃어버리게 될지 일찍 말해줬더라면—엄마가 아직 살아 있던 그 시절의 대부분을—그때부터 나는 최대한 많은 기억을 간직하려고 애를 쓰기 시작했을 것이다. 내 안에 있는 작가는 이제 말한다. 내가 그동안 냉혹했다고, 그 비극으로 이어지는 몇 년간의 우리 인생에 대한 정확한 이야기가 될 수 있는 기록을 간직하고 있어야 했다고, 이제 엄마를 내게 다시 데려다줄 수 있는 뭔가를, 여기저기 지워지고 수정된 내 기억보다 더 충실한 뭔가를 가지고 있어야 했다고. 그때 나는 이미 아주 많이 버리기 시작했다. 그때는 어쩔 수 없는 일이었지만, 나중에 다시 그런 기록들을 가지고 있기를 간절히 바라게 될 줄은 몰랐다.

엄마가 세상을 떠나고 5년 후, 내가 스물네 살 때 엄마의 목소리를 녹음한 카세트테이프를 하나 발견했다. 그 정도면 긴 세월이라 가장 먼저 잃어버릴 엄마에 대한 기억들은 이미 사라지기 시작했다. 예를 들어 엄마의 체취가 어땠는지, 엄마의 걸음걸이가 어땠는지 그런 것들. 그리고 나는 엄마에 대한 기억이 산산이 흩어지게 놔둠으로써 다시 엄마를 배신하고 있다는 느낌이 들었다. 그 테이프는 엄마를 부활시키고 이번에는 엄마의 일부를 간직할 수 있도록 또 다른 기회를 제공해줬다. 나는 그렇게 하려고 굳은 의지를 발휘하면서, 엄마의 목소리에 대한 기억을 다시 돌려봤다. 어쩌면 내가 엄마의 목소리를 흉내 내는 법을 배울 수 있을지도 모르고, 마치 복화술사처럼 내 입으로 엄마의 말을 뱉어낼 수 있을지도 모른다.

할머니 집에서, 오래전에 고장 난 턴테이블과 높이 쌓여 있는 블루스 레코드판들이 들어 있는 낡은 전축 콘솔 속에서 그 테이프를 찾아냈지만, 할머니에겐 말하지 않았다. 엄마를 독차지하고 싶었다. 그래서 카세트 플레이어를 앞쪽 침실, 어렸을 때 부모님과 같이 썼던 방, 엄마가 돌아가시기 전 그리고 그 후에도 매년 여름마다 와서 지냈던 그 방에 가져가서 재생 버튼을 눌렀다.

그때 화장대 위에 놓인 허리케인 램프의 불빛 속에서 나를 등진 채 립스틱을 바르고 있는, 거울에 비친 엄마의 얼굴을 볼 수 있었다. 엄마가 차고 있는 카메오 목걸이도 볼 수 있었다. 그것은 목의 움푹 들어간 곳에 보석처럼 자리 잡고 있었다. 카메오를 고정하고 있는 검은 벨벳 초커의 뒤쪽에는 마치 엄마를 인형처럼 보이게 만드는 작은 황금 체인이 달려 있었다. 그 황금 체인을 잡아당겼다가 놓아야만 목소리를 들을 수 있을 것만 같은 인형 말이다.

엄마의 목소리. 재생 버튼을 눌러서 엄마가 내게 돌아온 지 30초도 안 돼서 테이프가 기계에 걸려, 엄마의 목소리가 뒤엉키다가 멈췄다. 나는 카세트테이프를 플레이어에서 꺼낸 후 조심스럽게 테이프를 꾹꾹 눌러 펴서 다시 감았다. 하지만 매번 다시 그걸 플레이어에 넣을 때마다 엄마가 한 단어를 더 말하기도 전에 테이프가 걸렸다. 그걸 또 꺼내서 계속 손가락 사이에 넣고 문질러 펴다가 마침내 그 닳은 부분이 끊어지고 말았다. 기다렸더라면, 그걸 구할 수 있었을지도 모르는데. 엄마의 목소리를 담은 그 테이프는 지하 세계에서 아내인 에우리디케를 인도해서 나오려고 애를 썼던 오르페우스와 그녀를 하나로 묶은 믿음만큼이나 약했다.

인내심이 부족했던 내가, 그걸 그만 끊어버린 것이다.

13장

증거

1985년 6월 3일과 4일 녹음된 대화 테이프들

살해될 때까지 엄마는 스톤마운틴 순회재판소의 디캘브 카운티 지방 검사에게 협조해서 판사가 조엘의 체포 영장을 발부하도록 할 만한 증거를 모으고 있었다. 감옥에서 나온 후 조엘은 엄마에게 반복적으로 전화를 걸었고, 기록에 따르면 '테러의 위협'을 가했다고 했다. 지방 검사가 필요한 건 엄마의 단순한 증언이 아니라 그런 협박을 당했다는 실질적인 증거였다. 그래서 지방 검사가 엄마의 아파트에 녹음기를 설치하고 그걸 엄마의 전화와 연결했다. 매번 조엘이 전화를 걸 때마다 엄마는 그걸 수동으로 조작해야 했고, 다른 사적인 전화를 받을 때는 그걸 해제해야 했다.

여기 나온 요약본에서, 엄마가 조엘과 한 대화 중 하나가 중단된다. 기말고사가 언제 끝날 테니 엄마는 날 언제 태우러 오면 된다고 알려주느라 내가 학교에서 엄마에게 전화를 걸었기 때문이다. 그날은 1985년 6월 4일로, 그게 내가 엄마와 한 마지막 통화가 됐다.

국가 대 조엘 T 그리메트 재판 기록

1985년 6월 3일 통화 녹음

궨(Gwen): 여보세요.

조엘(Joel): 안녕.

G: 안녕.

J: 난 오늘 정말 기분이 좋아. 마치 내 삶에 새로운 의미,
   새로운 목적이 생긴 것 같아.

G: 왜 그런데?

J: 오늘 아침에 당신이 내게 한 말 때문에 그런 것 같은데.

G: 대체 무슨 생각을 하는 거야?

J: 흠, 당신이 그랬잖아. 내게 기회를 줄 거라고.

G: 아니, 난 그런 적 없어.

J: 내 생각엔—

G: 당신이 내게 물었잖아. 당신이 절대 원하지 않는 게—

J: 알아, 내가 이렇게 말했지, 우리⋯⋯. "나를 위해 하나만

해주겠어? 그걸 생각해주겠어?" 그러니까 당신이 말했지. "난 이미 그렇게 했어"라고.

G: 그리고 난 계속 생각해볼 거라고 했어. 내가 한 말은 정확히 그거야, 조엘.

J: 난 이렇게 생각했는데. 당신이 "난 이미 그렇게 했어"라고 했을 때, 어, 그 말이 "앞으로 그렇게 할게"라는 말인 줄 알았는데.

G: 조엘, 내 생각에 당신은 그저 당신이 듣고 싶은 대로 듣는 것 같아.

J: 그렇다 이거지.

G: 조엘, 내가 계속 당신에게 설명하고 또 설명했잖아. 우리 사이엔 아직 똑같은 문제가 남아 있다고. 안 그래? 근본적으로 난 아직도 당신이 무서워.

J: 나도, 나도, 어쩔 수 없어 [알아들을 수 없음] 당신이 최근에 그랬다는 건 알지만, 나도, 나도 어쩔 수 없고 [알아들을 수 없음] 나도 무서워.

G: 뭐가 무섭다는 거야?

J: 당신이.

G: 이해가 안 되는데. 난, 나는 단 한 번도 당신을 해치려고 한 적이 없어. 난 단 한 번도 당신을 협박한 적도 없고.

J: 아니지, 당신은 내게 상처를 줬어. 육체적으론 아니지만 정신적으로. 정신적으로 말이야.

G: 내가 떠났을 때를 말하는 거야?

J: 맞아.

G: 조엘, 그럼 내게 그때 어떤 선택권이 있었겠어?

J: 궨, 그땐 상황이 점점 나아지고 있었잖아.

G: 아니, 아니야, 아니라고. **절대** 나아지고 있지 않았어. 기억 안 나? 그때 당신의 협박이 점점 더 심해졌어. 당신도 기억날 거야.

J: 아니, 그때 난 당신과 문제를 해결하기 위해 무진 애를 쓰고 있었어.

G: 내가 거기 있었던 마지막 주에 일어났던 일 중 하나가 당신이 내게 이렇게 말한 거였잖아, 그러니까, 내가 뭔가 당신을 불쾌하게 만드는 일이 있으면, 당신은 아무 말도 하지 않고, 그냥 기다렸다가 내가 자러 갔을 때 밤중에 끝내버리겠다고 했잖아. 그 마지막 주에 당신이 그렇게 말했잖아.

J: 그건 당신이 그때 말해서 그래, 그때 당신이 일어나서 그 여자한테 이혼을 원한다고 말했잖아. 그리고, 그리고, 난 정말 죽어라고 노력하고 있었는데, 당신이 하라

는 건 다 하고 있었다고. 당신이 하란 건 다 했는데, 당신은 정말, 그러니까, 당신은 정말 날 너무나 속상하게 만들었잖아.

G: 조엘, 당신, 당신도 내 몸이 어떻게 됐는지 봤잖아. 내가 얼마나 살이 빠졌는지도 봤고. 내가 만성 설사와 식욕부진에 시달리고 있는 거 당신도 알고 있었고. 난 그런 상황에선 살 수 없었어. 난 떠나야 했어. 난 그때 당신에게 그냥, 어, 별거를 해보자고 했는데, 당신이 동의 안 했잖아. 당신은 별거하느니 차라리 내가 죽는 꼴을 보겠다고 했어.

J: 그동안 나한테 무슨 일이 일어나고 있었는지 당신은 알아?

G: 그게 무슨 뜻이야?

J: 난 지금 그냥 껍데기일 뿐이야. 내 안은 텅 비어버렸다고.

G: 있지, 지금까지 별일이 다 있었지만, 난 여전히 당신을 증오하지 않아. 어젯밤에 당신에게 그렇게 말했잖아. 난 그냥 성격상 누군가를 증오하지 못하는 것 같아. 당신이 괴롭다고 하니 나, 나도 마음이 안 좋네. 하지만 난, 아마 이렇게 말하면 이기적으로 들릴지 모르겠지만, 난 나

를 돌보고, 먼저 내 생각을 해야 해. 내 말 이해 못 하겠어?

J: 나도 당신을 돌보고 있어.

G: 그게 무슨 뜻이야?

J: 오늘 아침에 당신에게 말한 것처럼, 난 지금 자포자기 상태야. 난 이제 내가 두려워지는 지경에 이르렀단 말이야 [알아들을 수 없음] 오늘 아침엔 당신 말을 오해했지만, 당신이 내게 다시 기회를 준다고 말한 줄 알았어. 그러면 내 인생이 환해질 텐데.

G: 당신도 알다시피 나는 최대한 협조적으로 나오려고 노력했어. 그리고, 그리고 당신과 대화했고 당신과 조이가 가능한 한 같이 많은 시간을 보낼 수 있도록 해줬고—

J: 그건 나도 고맙게 생각해. 그리고, 그리고 그건 내게 좋은 일이고. 하지만 그거로는 충분하지 않아. 난 아직도 내 가족과 떨어져 있다는 느낌이 들어. 당신은 당신이 내 가족의 일부라고 생각하지 않는다는 걸 알지만, 난 항상 당신을 내 가족으로 여기고 있어.

G: 왜?

J: 왜냐면 나는, 처음부터 항상 당신이 아니면 다른 여자는 없다고 나는 생각했으니까. 난 그게 필요했어. 난 당신

이 필요했어. 난 아직도 당신이 필요해.

G: 당신은 그런, 그런, 그런 집착이 좀 병적이란 생각은 안 들어?

J: 어쩜 그럴지도 몰라. 하지만 나도 어쩔 수 없어. 당신이 보고 싶어 죽겠어. 죽어간다고. 난 매일 조금씩 더 죽어 가고 있어……. 내 말은……. 가끔 난 내 침대에 누워서 생각해. 있지, 나는 더는 못 견디겠어. 그냥 내 마음 내 키는 대로 가서 우리를 죽여버릴 거야. 난 이제 그 여자 랑은 이야기도 하지 않을 거야. 이제 그 여자가 하는 거 라고는 그저 시간을 벌려고 애를 쓰는 것뿐인데, 망할. 난 그냥 누워서 모든 게 괜찮다고 생각하지 〔알아들을 수 없음〕 그러다 당신이 마음을 바꿔서, 내가 전화로 당 신과 이야기를 하려고 하면 당신은 이렇게 말하지. "글 쎄, 나는 당신과 이야기하고 싶지 않아. 당신이 다른 사 람들의 도움을 받기 전까지는 당신과 할 이야기가 없 어." 그때도 난 그런 생각을 하고 있었지. "흠, 정말 내 게 도움이 필요하다고 생각하고 있나 보군."

G: 조엘, 당신은 도움을 받을 필요가 없다는 생각을 하고 있 다는 말이야? 격분해서 폭력을 행사하면서 사람을 협박 하는 건 정상적인 삶의 방식이 아니야. 당신은 지금 베트

남에 있는 게 아니라고.

J: 아니지, 난 베트남에 있는 게 아니지.

G: 그리고, 그리고 내가 두려워하는 건, 당신의 마음속에 살아 있는 분노가 언제고 어떤 이유로든 폭발하고 말 거라는 거야. 난 알아. 어제만 해도 봐봐. 토요일 일도 그렇고. 그때 당신이 내게 했던 그 모든 말들을 생각해보면 당신도 이해가 되지 않아?

J: 이해해, 그래, 이해한다고. 난 아무것도 하지 않았어…….
그리고 내게는, 내 느낌에는 나는 당신에게 뭔가 할 기회가 아주 많았어. 그런데도 나는 계속 되뇌었지. "당신에게 알려줘야 해. 내게 이게 있어야 한다는 걸. 당신에게 이걸 보여줘야 할 기회가 있어야 한다는 걸 말이야." 마치 평생 공 던지는 연습을 했는데 코치가 경기 내내 벤치에만 있으라고 시킨 아이 같은 기분이 들어. 경기에 나갈 수 있는 걸 아는데, 그럴 수 있는 걸 알지만 그럴 기회가 없어. 지난번 게임을 딱 한 번 망쳐버렸거든. 그게 내게 공정하지 않다는 느낌이 든단 말이야.

G: 조엘, 그건 단지 딱 한 번이 아니었어. 그건 10년의 세월 내내 일어난 일이라고. 제발 이러지 마…….

J: 그래, 하지만, 나는, 당신이 알아차리지 못한 건, 그

10년이란 시간 동안 내가, 그래, 실수를 많이 하긴 했어. 하지만 내가 지금 하는 말은 내가 다시는 그러지 않을 거라는 거야. 우리의 의사소통도 더 나아질 거야. 내 말은 우리는 대화를 하고 의논하고 그럴 수 있을 거라는 말이지. 지금 당신 탓을 하자는 건 아니지만, 당신도 나랑 소통하려 하지 않은 잘못이 있어. 그리고 맞아, 내가 오늘 성질을 부리긴 했지만, 우리가 같이 노력할 거니까 우리의 상황은 달라질 거야.

G: 좋아, 내가 하나 설명할게. 우리가 같이 협력하려면 거기에 대한 기준이 있어야 해. 먼저 그런 관계를 같이 쌓기를 바라는 두 사람이 같이 그 결정을 내려야 한다는 거야. 당신은 이미 결정을 내렸고, 지금 내게 하는 말, 혹은 어제 내게 한 말은 내가 결정을 하지 않으면 내겐 아무 선택권도 없다는 거였어.

J: 아, 음, 그래, 그래. 당신도 내게 같은 선택을 하게 했지. 당신이 내게 우리가 결혼 생활 상담사를 보러 가면 상황이 나아질 거라고 했잖아. 난 그렇게 했어. 당신에게 협조했다고. 그런데 당신은 내 기대를 저버렸어. 당신은—

G: 결혼 생활 상담사가 날 위해 해준 건 내가 더는 그 결혼 생활을 유지하길 원하지 않는다는 사실을 볼 수 있게 도

와준 거야. 상담을 받으러 갔을 때는 그걸 몰랐지만, 그건 그저—

J: 우리가 그 상담을 받으러 가기도 전에 당신은 이미 그렇게 하기로 마음먹은 거야.

G: 아니야, 그렇지 않아.

J: 그건 그저 그들이 날 설득할 수 있기를 바랐던 당신의 작전이었을 뿐이야.

G: 당신은 항상 그렇게 말하지. 항상 그렇게 믿고 있을 것이고.

J: 나는 속은 기분이었어.

G: 그래, 당신이 그렇게 말한 기억이 나.

J: 당신이 그렇게 말했을 때 난 내 인생에서 제일 큰 상처를 받았다고. 그리고 난, 난, 난 도저히, 난 도저히 그걸 참을 수 없었어.

G: 조엘, 당신은, 당신은 정말. 그 속담에서 말하는 것처럼 날 진퇴양난에 빠뜨렸어.

J: 있지, 이게 당신에겐 옳지 않거나 나쁘게 보일 수도 있지만, 심지어는 지금도, 난……. 그동안 잘못했던 거 다 보상할게.

G: 어떻게 보상할 건데, 조엘? 당신은 지금, 이 상황에서 내

게 그 어떤 선택권도 주지 않고 있잖아. 이런 식으로 관계를 맺을 수는 없어, 조엘.

J: 나는 18개월을 기다렸어. 그런데 당신은 내가 참을성이 없다고 하는군.

G: 18개월 동안 당신이 기다려야 할 만한 건 하나도 없었어. 내가 당신에게 이렇게 말한 것도 아니잖아. "오, 감옥에서 나와, 조엘. 우린 다시 시작할 테니까." 당신 혼자 그런 환상을 만들어냈잖아.

J: 이번에는 잘될 거야. 이번에는 잘된다는 걸 난 알아. 반드시 잘돼야 해.

G: 왜?

J: 이번에는 잘되도록 내가 죽도록 노력할 거니까.

G: 조엘, 난 그렇게 하지 않을 거야. 난 그럴 수 없어, 조엘.

J: 퀜, 〔알아들을 수 없음〕 당신 생각만 하지 마.

G: 그럼 내가 누구 생각을 해야 하는데?

J: 지금 당신은 그저 당신 생각만 하고 있잖아. 당신이 내게 그렇게 말한 거 당신도 알잖아. 난 당신에게 날 떠나지 말아달라고 **부탁했고**, 당신은 생각해보겠다고 했어. 당신이 말했어. "오케이, 내가 생각해봤는데, 우리 같이 노력해보기로 했어." 그래놓고 그 말을 지키지 않았잖

아. 그래, 내가 수치스럽고 죄책감이 드는 짓을 많이 한 건 나도 인정해. 하지만 당신은 나약해지고 자포자기하게 되면, 알다시피 당신은 **이성적이지** 않잖아. 그리고 나도 당신에게 강요해서 이 문제를 해결하려 드는 게 옳지 않다는 건 알아. 하지만 이 시점에는 당신 혼자서는 이 관계가 잘되도록 노력하겠다는 결심을 할 수 없어 하니까, 나도 어쩔 수 없이 당신에게 강요하게 되잖아. 거기다 얼마 못 가 당신이 이렇게 말할 거라는 감이 온다고. "이제 알겠어, 당신이 〔알아들을 수 없음〕 해서 기뻐"라고 말이야.

G: 조엘, 당신은 환상 속에서 살고 있어.

J: 어쩜 그럴지도 모르지만 지금 내게 있는 세계는 그것 하나밖에 없다고.

G: 거기서 빠져나와보려고 노력하는 건 어때?

J: 내가 아는, 여기서 빠져나올 수 있는 유일한 길은 자살하는 거야. 하지만 당신만 남겨두고 이 세상을 떠나지 않을 거야. 내 말은 나는 당신과 함께 가고 싶다는 거야. 난 당신이 고통받길 원하지 않아. 내가 전에 했던 그런 생각을 당신이 하는 건 원치 않는다고. 내가 떠나야 한다면 당신도 같이 데리고 가고 싶어. 아마 다음 세상에

서 우리는 또 같이 있게 될 거야.

G: 당신에 대해 정말 이해가 안 되는 점이 하나 있어. 어떻게 당신은 사랑한다고 말하는 사람을 그렇게 다치게 할 수 있어?

J: 난 당신을 다치게 하지 않을 거야. 난 그저 당신을 데리고 갈 거라고. 그건 **다치게** 하는 게 아니야.

G: 조엘, 그게 날 다치게 하는 게 아니라니 그게 무슨 뜻이야? 내게 총을 쏘거나 날 칼로 찌르거나 그런 게 날 다치게 **하는** 거라고.

J: 퀜, 우리는 '죽음이 우리를 갈라놓을 때까지' 같이 하겠다고 맹세했어. 우리가 그렇게 맹세했을 때, 나는 정말이지 진심으로 그렇게 했고, 당신도 그랬다고 생각했어. 남은 생을 사랑하는 사람과 같이 보내고 싶은 건 잘못된 게 아니잖아……. 당신과 다시 시작하게 해줘.

G: 하지만 조엘, 당신이 지금 하는 말은 내가 당신과 다시 시작할 기회를 주지 않으면 당신이 날 죽이겠다는 말이잖아. 내 생각엔 당신이 지금 그 말을 하는 것 같은데.

J: 난, 난, 흠…… 내가 완전히 통제력을 잃을 가능성은 지난 2월보다 훨씬 더 커졌어. 물론, 난 자제할 수 있겠지만, 이 시점에선 **그러고 싶지** 않아. 당신 없인 살고 싶지

않으니까.

G: 왜 2월보다 지금 더 커졌다고 생각해? 난 당신이 전보다
통제력이 더 좋아졌다고 생각했는데.

J: 왜냐하면 지난 13개월 동안 나는 매일 아침 눈을 뜰 때
마다 집에 가면 당신을 죽이겠다고 다짐했거든. 그러고
자신에게 그 이유를 묻곤 했지. 그럼 이런 대답이 나왔
어. 내가 퀜을 가질 수 없다면, 아무도 가질 수 없게 할
거니까. 내가 죽는다면 퀜도 같이 데리고 가겠어. 그 말
을 지난 13개월 동안 계속 하루도 빠지지 않고 했어. 하
루에 한 번이 아니라 계속 생각하고 또 생각했다고. 그
작은 독방에 갇혀 있으면 생각 말고는 할 게 없거든. 나
는 오직 당신만이 꺼낼 수 있는 이런 생각들을 내 머릿속
에 단단히 박아놨어.

G: 그리고―

J: 물론 처음엔 당신도 힘들겠지. 하지만 시간이 흐르면 나
아지다가 결국 그런 힘든 감정도 사라질 거야.

G: 그런 관계에 애정은 하나도 없다는 게 당신에겐 중요하
지 않아?

J: 그러다 보면 애정도 생기겠지. 당신이 말하는 그런 종
류의 애정이 생길 거야. 10년 동안 그런 애정은 없었어.

〔한숨〕

G: 당신은 정말이지 내게 그 어떤 선택권도 주지 않는구나.

J: 난 당신이 갈 수 있는 두 개의 길을 주고 있는 거야. 당신은 이제 갈림길에 섰어. 내가 10년 동안 해왔던 같은 실수를 당신은 하지 마.

G: 난 그 갈림길이란 게 정말 이해가 안 돼. 당신이 10년간 해온 실수가 뭔데? 갈림길에서 잘못된 선택을 했다는 거야? 그게 지금 당신이 말하는 실수야?

J: 그래, 그래서 내가 대단히 큰 고통을 겪었지.

G: 그리고?

J: 그리고 나는, 당신도 알다시피, 난 당신에게 그 이상을 베풀어주고 있잖아. 당신은 내가 어떤 것을 베풀어주고 있는지 깨닫지 못해서 이럴 뿐이야.

G: 지금 내 목숨을 말하는 거야?

J: 조이의 상황도 나아질 거야. 당신을 위해서도, 나를 위해서도 상황은 더 나아질 거라고. 난 그럴 동기가 생겼어. 이제부터 우리에게 일어나는 일들은 다 내가 신경을 쓰고 알아서 할 거라는 걸 난 알아. 당신이 나쁜 부분에 대해 생각했으면 좋겠어. 어떻게 하면 그런 일이 생길지를 말이지.

G: 그 하나의 길에서 당신은 그게 보인단 말이지?

J: 또 다른 길에선 모두가 슬퍼지지.

G: 당신이 날 해치면 그게 아이들에게 어떤 영향을 미칠지 생각해본 적 있어?

J: 그럼, 있지.

G: 그런데 그런 건 당신에게 중요하지 않아?

J: 아니, 중요해. 그게 어떤 영향을 미칠지는 내게 아주 중요해. 하지만 그들은, 그들은 받아들여야 할 거야. 마치 당신 어머니가 죽으면 당신이 받아들여야 하는 것처럼 말이지. 당신은 받아들이고 싶지 않겠지만 그래야 할 거야. 우리는 이 땅에서 영원히 살아갈 수 없다는 사실을 당신은 알고 있으니까.

G: 조엘, 그것과 이것 사이에는 아무런 상관성이 없어. 당신도 알겠지만 자연사는 당신이 말하는 죽음과는 완전히 달라.

J: 하지만 난 이미 당신을 위해 한 번 죽었어.

G: 그게 무슨 뜻인지 난 잘 모르겠는데.

J: 당신이 나와 이혼했을 때 내 마음이 죽어버렸어.

G: 아, 이러지 마, 조엘. 우린 지금 이 세상을 떠나는 이야기를 하고 있잖아. 이제 제발 그런 억지는 그만 부려. 우

리는 지금 아이들의 엄마가 자연사하는 경우와 당신이
날 죽이는 경우를 비교하고 있잖아. 당신은 어떻게 이 두
경우를 연계해서 말할 수 있는 거야?

J: 지금 내가 하고 싶은 말은 아이들은 결국 그 죽음을 극복
할 거라는 거야. 아이들은 아마 남은 생 내내 슬퍼하겠
지만 거기 적응할 거야. 그래야 해. 만약, 그렇지 않다면
그건 내 잘못일 뿐만 아니라 당신 잘못이기도 해.

G: 왜?

J: 일이 그런 식으로 흘러가지 않아도 됐으니까.

G: 당신은 정말 두 사람, 제정신이 있는 두 성인이 이런 전
제로 관계를 시작할 수 있다고, 아니 그러려고 시도할 수
있다고 생각하는 거야?

J: 이 시점에서, 음, 우리에게 선택의 여지는 없어.

G: '우리'?

J: 우리에겐 없다고.

G: 왜?

J: 가끔은 사람들에게 그들이 실수하고 있다는 걸 억지로
보여줘야 해. 가끔 사람들은 뭔가를 믿는 생각이 너무나
고정돼 있어. 그래서, 그래서, 그래서, 그래서 그런 사람
들을 설득하는, 하는, 하는 것이 아니라 그들이 선택할

여지가 없도록 만들어야 할 때도 있다는 거지.

G: 조엘, 제발 나를 강제로 몰아넣지 마.

J: 어디로 몰아넣는다는 거야?

G: 내가 원하지도 않는 이유로 뭔가를 결정하는 상황에 몰아넣지 말라고.

J: 있지, 난 기다리고 또 기다렸는데 상황은 하나도 달라진 게 없어. 계속 그대로란 말이야. 있지, 내가 처한 상황은 이런 거야. 당신도 들어본 표현이겠지만 그야말로 끝까지 밀고 나가야 하는 상황이라고. 더는 참을 수 없어. 내가 당신 말을 오해했을 때 내가 얼마나 기분이 좋았는지에 대해 당신에게 말했잖아. 빌어먹을, 당신도 그때 내가 느낀 감정을 느낄 수 있으면 좋을 텐데. 그럼 당신도 이해할 거야. 왜 당신이 안 된다고 하는지, 안 된다는 대답을 이해할 수가 없었어. 그게 무슨 뜻이 될지 당신도 깨달았을 텐데 말이야. 완전히 새로운 인생, 완전히 새로운 삶의 방식이 될 텐데. 당신이 사랑하는 사람들과 가족이 될 기회란 말이야.

G: 조엘, 당신은 동화 속에 살고 있어.

J: 어쩌면 그럴지도 몰라. 하지만 이건 나의 동화야. 그리고 동화도 열심히 노력하면 현실에서 이뤄지게 돼 있어.

난 뭐든 원하는 건 자신을 믿고 그걸 해내겠다는 굳은 의지가 있으면 다 이룰 수 있다고 생각해. 그래서 내가 당신을 행복하게 만들어주는 것도 쉬울 거야.

G: 당신이 날 죽이기도 그만큼 쉽겠지.

J: 난 모 아니면 도라고 확신했어. 그 외에 다른 길은 없어. 난 죽고 싶지 않지만, 이렇게 계속 살아가고 싶지 않아.

G: 조엘, 나도 죽고 싶지 않아. 하지만 당신의 강요 때문에 이런 결정을 내리고 싶지 않아.

J: 나, 나도 어쩔 수 없어. 당신 혼자서 그런 결정을 내리진 않을 거잖아. 당신, 당신, 당신은 그렇게 하지 않을 테니까. 내가 당신을 그렇게 하게 만들어야 해. 그래서〔알아들을 수 없음〕내일 출근은 어떻게 할 거야?

G: 나도 몰라, 차를 얻어 타야 해.

J: 내 차로 데려다줄까?

G: 아니.

J: 왜?

G: 조엘, 내가 말했잖아. 난 당신과 있는 게 두려워.

J: 나도 그건 알아. 하지만 그 두려움을 극복할 유일한 길은 나와 같이 있는 거야. 당신만의 생각 속에 갇혀 있는 건 해결책이 되지 않아. 그러면 한동안 마음은 편할지도

모르지. 하지만 당신은 거기서 나와서 나와 같이 있어야 해. 궨? 궨?

G: 뭐?

 J: 내가 말했잖아. "그렇게 하겠어?"라고.

G: 조엘, 난, 난, 그냥 전화 끊을래.

J: 그러지 않았으면 좋겠는데.

G: 전화 끊을게.

 J: 그러지 않았으면 좋겠다고. 궨, 우린 시간이 얼마 없어. 당신이 그동안 너무 질질 끌어왔다고. 그저 시간을 벌고 있을 뿐이잖아.

G: 조엘, 당신―

 J: 난 당신을 알아. 당신의 마음을 훤히 볼 수 있다고. 당신은 그저 이렇게 말하기만 하면 돼. "오케이, 시도해보자."

G: 조엘, 그러고 나서 당신 때문에 겁이 나서 내가 그렇게 말했다고 하면 또 화를 낼 거잖아. 그리고 내가 또 당신에게 거짓말을 했다고 하겠지. 그러면 우리는 다시 원점으로 돌아오는 거야.

 J: 아니야, 아니야. 아니라고.

G: 이 시점에서 내가 그렇게 말하면, 조엘, 그게 유일한 이

유가 될 거야.

J: 오케이, 이 시점에선 어떤 식으로든 그 대답을 받아들일게.

G: 조엘, 사람들에게 강요해서 당신이 원하는 대로 행동하게 만들 순 없어.

J: 이제 시간은 그만 끌어, 궨. 그냥 대답하라고.

G: 그게 내 대답이야.

J: 그러니까 당신은 살고 싶지 않다는 거군.

G: 조엘, 당연히 난 살고 싶어.

J: 그래서 내가 원하는 대로 하지 않겠다고?

G: 조엘, 난 전화 끊고 위장약을 먹을 거야, 알겠어?

J: 좋아. 그렇다면 내일은 어때? 내가 당신을 출근시켜주러 가도 될까? 내가 그러길 바라?

G: 아니, 조엘. 내가, 내가 알아서 잘 출근할 수 있어. 제발 여기 오지 마.

J: 그래, 하지만 난 그러고 싶은, 난 당신을 2주나 못 봤어. 언제 당신과 만나서 이야기할 기회가 생길까?

G: 제삼자가 같이 있는 자리에서 그러는 편을 선호해. 왜냐하면, 난, 난 아직 당신이 무서워.

J: 아니, 그런 식으로는 해결될 수 없어.

G: 왜?

J: 제삼자로 조이는 데려와도 괜찮아. 처음 몇 번은 당신이 무서워하고, 긴장하겠지. 나도 긴장할 거야. 하지만 한 편으로 설레기도 할 거야.

G: 절대 설렐 일 없어. 그보단 무서울 거야. 당신은 그저, 그저 그 점을 분명히 알아야만 해.

J: 그건 아주 멋진 만남이 될 거야. 그리고, 그리고 결국엔 당신은 날 좋아하는 법을 익히게 될 거고, 그다음엔 날 사랑하는 법을 익힐 거야.

G: 그건 동화야.

J: 어쨌든 그건 내 동화야.

G: 조이가 내일 집에 오면 전화해서 둘이 만날 약속을 정해도 돼, 알겠어?

J: 오케이, 사랑해, 궨. 여보세요?

G: 아, 이만 끊을게.

J: 사랑해.

G: 아니, 당신은 날 사랑하지 않아.

J: 아니, 사랑해.

G: 날 사랑한다면 날 죽일 거라는 말을 할 수는 없어, 조엘.

J: 나, 나는 개인적으로 아는 건 아니지만 아무튼 사랑하는

사람들을 위해 자신의 목숨을 끊은 사람을 많이 알아.
사랑하는 사람들과 같이 살 수 없었기 때문이지. 세상
어딘가에선 매일 그런 일이 일어나고 있어. 하지만 우린
운이 좋아. 우린 우리 문제를 해결할 수 있을 거야. 두고
보라고. 사랑해.

G: 안녕.

J: 또 통화해.

〔통화가 끝나면 엄마는 통화 시각과 날짜를 녹음한다.〕

G: 나는 퀜 그리메트이고 지금은 1985년 6월 3일 8시 26분.
방금 끝냈다 ─〔갑자기 끝남〕

국가 대 조엘 T 그리메트 재판 기록

1985년 6월 4일 통화 녹음

〔엄마가 녹음기를 작동하느라 애를 먹은 게 분명했다. 녹음
이 시작됐을 때 이미 대화가 시작된 후였다.〕

조엘(Joel): 알았어, 음, 내 말은, 무슨 일이 있었지?

궨(Gwen): 조엘, 아무 일도 없었어. 당신도 알잖아. 아주 오
래전부터 내가 당신에게 말했잖아. 당신은 내게
겁을 줘서 뭔가를 하라고 강요하지만 그건 옳은
일이 아니라고, 조엘. 조이 바꿔줄게, 잠깐만 기
다려.

J: 그건 사실이 아니야, 알겠어?

G: 항상 똑같아. 항상 똑같다고. 당신은 단 한 번도 내게 그
어떤 선택권도 준 적이 없어. 당신은 항상—

J: 빌어먹을, 난 당신에게 선택권을 줬어. 아주 많은 선택
권을 줬다고. 당신은 날 다치게 하는 쪽을 선택했어, 궨.
나에겐 이것 말고는 다른 선택의 여지가 없었다고. 당
신, 당신이 날 다시 실망하게 했어. 어젯밤 당신은 〔저녁
먹으러〕 가겠다고 해놓고, 이제 다시 날 실망시키고 있
잖아.

G: 어젯밤에 내가 말했잖아, 조엘. 그건 그저 당신이 날 진
퇴양난의 처지로 몰아넣었기 때문에 그렇게 말했을 뿐이
라고, 그리고—

J: 그런데 이제는 내가 그러지 않을 것처럼 느껴져?

G: 물론 지금도 그렇게 느껴, 하지만 나는—

J: 당신은 정말 죽어도 상관없다는 거지, 안 그래? 있지, 조이가 내게 물었어. 조이가 그러더군. "제발 엄마를 괴롭히지 말, 말아요. 아빠 화났어요?" 내가 말했지. "그래, 화났어. 내가 화가 난 이유는 네가……." 그러니까 우리 이런 식으로 끝내지 말자.

G: 잠깐만 기다릴 수 있어? 지금 다른 전화가 들어왔어.

J: 누구? 경찰에 신고하는 거야?

G: 아니, 잠깐만 기다려봐……. 여보세요? 여보세요? 〔잠시 대화가 정지됨〕

J: 난 당신에게 마지막 기회를 줬어. 이젠 무슨 일이 일어나건 상관 안 해. 난 최선을 다했어. 내가 원한 건 그저 당신을 데리고 저녁을 먹으러 가서, 좋은 시간을 보내고 당신을 집에 데려오는 거야. 그게 다였어. 그리고 다음에 다시 당신을 데리고 또 나가고. 그렇게 서서히 우리 관계를 진전시키면 결국 당신도 내가 당신을 해치지 않는다는 걸 알게 될 것이고. 그러면 우리 상황은 달라질 거야.

G: 하지만 지금 상황은 전혀 달라지지 **않았잖아**, 조엘? 안 그래?

J: 지금도 **다르다니까**, 내가 달라지게 하고 있잖아. 있

지, 궨, 나에겐 선택의 여지가 없어.

G: 무슨 뜻이야, 당신에게 선택의 여지가 없다니?

J: 당신은 내가 이대로 살아가면서 당신을 잊어버리길 바라잖아. 하지만 난 그럴 수 없어. 그리고 그렇게 하지 않을 거야. 어젯밤 내가 말했잖아. 나는 나 자신과 당신에게 헌신하고 있다고. 나는 어떤 식으로든 계속 그렇게 할 거야.

G: 조엘, 그건 당신 진심이 아니잖아.

J: 당신이 내 인생을 망쳤어.

G: 잘 안 들려.

J: 당신이 내 인생을 망쳤다고. 그러니 당신은 나와 남은 생을 같이할 빚을 진 거야.

G: 내가 어떻게 당신에게 그런 빚을 졌다는 거지, 조엘?

J: 당신이 내 인생을 망쳤으니까.

G: 난 당신 인생을 망치지 않았어. 난 당신에게 내 인생 최고의 10년을 바쳤어.

J: 그리고 당신은 그 무엇으로도 대신할 수 없는 내 일부를 가져갔지.

G: 그게 뭔데?

J: 내 심장.

G: 〔한숨〕 난 그러지 않았어. 그 말에 어떻게 대꾸해야 할지도 모르겠네. 사람들은 결혼했다가 어느 시점에선 각자 다른 길을 가기도 해. 그건 특이한 게 아니야.

J: 하지만 우리 결혼은 달라. 우린, 우린……. 난 당신과 결혼하려고 이혼까지 했어. 당신과 결혼하려고 아들을 두고 나왔다고. 당신을 위해 좋은 직장도 그만뒀어. 내가 지금의 내가 된 건 다 당신 때문이야. 당신이 원인이니까 당신이 내게 빚진 거야. 당신에겐 그런 의무가 있어.

G: 조엘, 사람은 소유물이 아니야.

J: 다른 사람들을 이 일에 끌어들이지 마. 난 지금 당신 이야기를 하고 있잖아. 내 건 항상 내 거야. 그들이 죽지 않는 한 말이지. 나도 마찬가지고. 난 죽을 때까지 당신 거야. 당신 눈에 보이는 나라는 인간을 당신이 원하지 않을지도 모르지만, 당신이 바로 이렇게 만들었어. 당신이 내 안의 이 괴물을 만들었다고. 이건 당신 아기고, 당신 거야.

G: 나는 한번 만들어진 괴물이 그럴 수 없다고는—

J: 뭐라고?

G: 나는 한번 만들어진 괴물이 변할 수 없다고는 믿지 않아.

J: 그걸 바꿀 수 있는 길은 내게 하나밖에 없어. 당신이 그

걸 알게 만들려고 그동안 그렇게 애를 썼어. 당신, 당신, 당신에겐 선택권이 없어. 이게 당신이고, 당신 거고, 당신이 만든 거야. 당신은 그냥 등을 돌리고 떠나버릴 수 없다고. 당신은 이런 나에게 적응하고, 나를 상대해야 해. 그리고 우리 엄마가 아빠를 참고 살 수 있다면, 당신도 나를 참고 살 수 있어.

G: 당신 엄마가 자신에겐 아무런 선택권이 없었다고 내게 말했어.

J: 당신에겐 죽음 말고는 아무런 선택권이 없어. 그런데 당신은 계속 그건 원하지 않는다고 소리 지르고 있지…….

G: 그거 말고 달리 뭐라고 해야 할지 모르겠어.

J: 달리 할 말도 없지. 당신, 당신은 말 다 했잖아. 당신은 나에게 돌아오느니 차라리 죽겠다고 했어. 이제 뭐 또 할 말이 있겠어?

G: 나는 차라리 죽겠다는 말은 하지 않았어, 조엘. 차라리 죽겠다는 말은 절대 하지 않았다고.

J: 당신은 나를 택하느니 차라리 죽음을 택했어.

G: 조엘, 당신은 정말이지, 당신은 내게 그 어떤 선택권도 주지 않았어.

J: 당신에겐 선택권이 있었어. 망할, 내가 당신에게 내일

결혼해달라고 한 것도 아니잖아. 난 그저 나와 가까워져 달라고 부탁한 것뿐이잖아. 내가 당신에게 부탁한 건 같이 저녁을 먹으러 가는 거였다고. 망할, 당신은 마치 내가 당신에게 주말 내내 같이 있자고 한 것처럼 굴잖아.

G : 당신이 이해해야 해. 그게 나로선 그렇게 쉽지 않아.

J : 뭐라고?

G : 나로선 쉽지 않다고.

J : 나도 알아. 저녁 먹으러 가는 건 언제 누군가 당신에게 다가와서 당신의 그 망할 머리를 날려버릴지 걱정하는 것보다는 엄청 쉬운 일이야. 이 미친놈이 약을 하고 거기 가서 당신이 집에 갇혀 있는 동안 불 질러버릴 거라는 걸 아는 것, 혹은 차에 무슨 짓을 해서 당신이 차에 시동을 걸 때 빌어먹을 가스탱크가 폭발해버릴 거라는 걸 아는 것보다는 쉽잖아. 젠, 당신은 내가 베트남에서 2년이나 있었다는 사실을 잊었어. 난 뭐든 날려버릴 수 있어. 당신은 내가 당신 집에 들어가서 에어컨을 조작해 오늘 밤 당신을 날려버릴 수도 있다는 걸 잊었다고. 당신을 죽일 정도로 강력한 건 아니고 그저 당신이 혼이 나갈 정도로 겁나게 만들어줄 수 있다고. 당신은 그렇게 항상 두려워하면서 살고 싶어?

G: 조엘, 당신 아들도 여기 살아.

J: 그래, 가끔은 희생을 해야 할 필요도 있는 거야. 당신은 아들을 사랑해?

G: 그래.

J: 그런데 그 아들에게 내가 무슨 짓을 할지도 모르는데 그 걸 운에 맡겨보겠다는 거네?

G: 조이에게? 당신은 조이에겐 아무 짓도 하지 않을 거야.

J: 의도는 없지, 그럴 의도는 없어. 하지만 당신을 손봐주 려면 조이가 집 안에 있다는 사실은 모른 척하고 무슨 짓 을 할지도 모르지. 궨, 나는 그 아파트를, 그 건물 전체 를 무너뜨릴 수도 있어. 당신, 당신은 몰라. 난 전선과 가스탱크와 그리고, 그리고 고압 밸브들을 가지고 작업 하는 미치광이야. 당신의 아파트 건물 안에 온수 탱크가 있지. 내가 몇 가지만 손보면 그 건물 전체가 날아가게 돼. 보언 홈스[33] 기억나? 응?

G: 그래.

J: 그런 일이 일어나길 원해?

G: 아니.

33　가스보일러 폭발로 유치원생 네 명과 교사 한 명이 사망한 사건.

J : 그들은 범인으로 날 조사할 수도 없어.

G : 당신이 그 보언 홈스 사건을 일으킨 거야?

J : 아니, 그건 아니고. 난 지금 **당신의** 아파트를 날린 후에 일어날 일에 대해 말하고 있는 거야. 난, 난, 난 지금 그 사건이 일어난 후에도 경찰은 그게 내가 한 짓인지 알아 내지 못할 거라는 말을 하고 있잖아. 의심은 하겠지만, 증거가 있어야 하잖아. 구체적인 사실이 있어야 하고. 당신도 봤잖아, 우리가 법원에 갔을 때 말이야.

G : 참 나, 그건 그렇지. 그건 우리 둘 중 누구 말이 맞느냐에 달린 사건이었으니까.

J : 그래. 하지만 이 사건은 누구 말이 옳으냐를 따지는 건 아닐 거란 말이지. 이건 그냥 빌어먹을 사고니까. 내 전 처가 이 아파트에 사는 건 우연의 일치일 뿐이고. 그리 고 난 이미 당신이 제정신이 아니라는 서류를 가지고 있 어. 내 말은 날 감옥에 가두기 위해 당신이 거짓말도 하 고 무슨 짓이든 할 사람이란 뜻이지.

G : 내가 제정신이 아니라는 서류를 가지고 있다는 말이 무 슨 뜻이야?

J : 당신이 거짓말을 한다는 거지.

233

〔여기서 중간에 다른 전화가 들어옴〕

G: 잠깐만 기다려봐.

〔이 부분에서 퀜 그리메트는 다른 사람과 개인적인 통화를 한다(그건 나였다. 우리 둘 사이의 마지막 대화는 채 1분도 되지 않는다).〕

G: 〔다시 조엘과의 통화로 돌아와〕 나는 어떤 거짓말도 하지 않았어.

J: 당신이 그 빌어먹을 변호사를 시켜서 내가 당신 팔뚝에 주삿바늘을 두 번, 세 번 찔렀다고 했잖아.

G: 그래, 하지만 당신이 **그렇게 했잖아.**

J: 난 그러지 않았어. 그 바늘은 살을 뚫고 들어가지 않았다고.

G: 바늘이 살을 뚫고 들어갔는지 아닌지 당신이 어떻게 알아?

J: 내가 어디다 바늘을 대고 눌렀는지 난 알아.

G: 그렇다면 거기에 왜 흉터가 있다고 생각해?

J: 아마 당신이 자해했나 보지.

G: 난 마조히스트가 아니야. 난 자해하지 않는다고.

J: 뭐라고?

G: 난 마조히스트가 아니야. 난 자해하지 않는다고.

J: 당신은 그들을 설득하기 위해 뭐든 할 사람이야.

G: 아니, 난 그러지 않아. 난 그저 무슨 일이 있었는지 그들에게 말했을 뿐이야.

J: 그리고, 그리고 당신 그거 알아?

G: 뭔데?

J: 내가 느끼기엔, 나는, 나는, 조이에게 한번 물어봐. 난 거기 가서 아파트 열쇠를 만들어서 오늘 밤 거기 갈 수 있어. 내겐 절단기가 있으니 문의 열쇠 체인 정도는 간단히 잘라버릴 수 있다고. 난 아파트 안에 들어가서, 전화선을 끊어버릴 수 있어. 난 아주 많은 일을 할 수 있어, 퀜. 당신도 그거 알잖아, 안 그래?

G: 알아.

J: 그리고 당신은 지금 내가 어디 있는지도 모르고, 내가 당신 집에서 얼마나 멀리 있는지도 모르잖아.

G: 그건 맞는 말이야.

J: 그리고 경찰이 거기 들어가는 걸 보게 되면, 당신이 그들을 부른 걸 알게 되고, 내가 빨리 행동해야 한다는 것도 알게 되겠지.

G: 여기는 아파트 단지고, 경찰은 항상 들락거려.

J: 오늘 밤은 경찰이 안 오길 바라는 게 좋을 거야. 만약 그런 일이 생긴다면 당신을 탓할 테니까.

G: 여기 사는 사람 모두를 내가 책임질 순 없어, 조엘.

J: 그게 무슨 뜻이야?

G: 내가, 내가 책임을 질 순 없다고. 경찰차가 이 아파트 단지로 들어온다고 해서 날 탓할 순 없어. 여기에 **사는** 경찰들도 있어.

J: 안됐군. 내가 지금 허튼소리를 하는 게 아니란 걸 보여주기 위해서라도 내가 지금 거기로 가서 창문에 대고 총을 쏠 거야. 알았어?

G: 그런 말에 알았다고 대답하진 않겠어.

J: 당신은 내게 총이 있다는 말을 믿지 않는 것 같아.

G: 당신에게 총이 있다는 말을 내가 왜 안 믿지?

J: 내게 그럴 능력이 있다고 당신은 생각하지 않으니까.

G: 그렇군. **이젠** 확실히 믿어.

J: 궤, 난, 난 그저 당신을 행복하게 해주고 싶어.

G: 알겠어, 조엘.

J: 누가 당신에게 용기를 주고 있는 거지?

G: 특별히 그런 사람은 없어. 난 그저, 그저 살다 보면 어느

순간에는 저항해야 할 때도 있다고 판단한 것뿐이야.

J : 오케이, 그럼 우리에겐 달리 할 이야기가 없겠군.

G : 그래, 우리에게 그런 건 없어.

J : 안녕.

G : 안녕.

J : 마지막으로 하나만 물어볼게.

G : 뭔데?

J : 당신은 그 어떤 상황에서도 절대 내게 돌아오지 않을 거란 말이지?

G : 조엘, 안 돌아가.

J : 흠.

G : 난, 난, 당신이 이런 분위기일 때 우리가 그런 이야기를 할 수는 없어. 알았어?

J : 아니, 난…… 그래, 난, 나는 어쩌면 우리가 타협할 수 있을 거라고 생각했어. 당신더러 결정하라고 내가 강요하고 있다고 당신이 말했으니까. 있지, 내가 병원에 내 발로 가서 다 나을 때까지 입원하면, 그때는 내 제안을 고려해보겠어?

G : 난 그런 약속은 할 수 없어, 조엘. 난, 그럴 의도가 전혀 없어.

J: 뭐라고 하는지 안 들려.

G: 난 그럴 의도가 전혀 없다고.

J: 그러니까 다시 말하면 당신은 내가 무슨 짓을 하건, 설사 내가 다 낫는다 해도 여전히 내 제안을 고려하지 않겠다는 말이지?

G: 조엘, 이런 일은 매일 일어난다는 걸 당신도 이해해야 해. 사람들이 헤어져서 각자의 길을 가는 거 말이야.

J: 나도 알아. 그리고 나는, 우리가 각자의 길을 가게 된 이유는 내가 정신적으로 아프다는 사실 때문이라고 믿어. 그리고, 정신병은 치료할 수 있어.

G: 당신이 그렇게 하겠다는 말이야?

J: 그럼, 만약, 만약, 만약 내가 느끼기에······.

G: 뭐?

J: 당신이 그러겠다고 하면, 당신이 내 제안을 고려해보겠다고 하면, 그렇다면, 나도 그렇게 할 거야. 나도 내 결정을 재고해볼 거야.

G: 하지만 지금 당신이 하는 말은 자신을 위해 치료를 받는 대신 차라리 병든 채로 돌아다니겠다는 거잖아?

J: 그리고 또 부탁할 게 있는데, 어, 당신이 그 누구와도 사귀지 않기를 바라, 내가 치료받는 동안—

G: 아, 제발 이러지 마, 조엘. 당신은 다시 내게 이래라저래라 명령을 내리고 있잖아. 당신은 그럴 수 없어―

J: 아니, 난 그러지 않았어.

G: 맞아, 지금 그러고 있어.

J: 내가 원한 건, 난 아무것도 하고 싶지 않다는 거야. 내가 원한 건 그렇게 할 이유야. 그 이유는 당신에게서 나오고.

G: 아, 그러니까 지금 당신은 누구도 다치게 하고 싶지 않다는 말을 하는 거야?

J: 그래, 난 누구도 다치게 하고 싶지 않아.

G: 하지만 당신이 누구도 다치게 하지 말아야 할 이유는 내가 줘야 하고?

J: 내가 누군가를 다치게 할 이유를 당신이 줬잖아. 난 이렇게 생각해. 난 도움을, 도움을 받아야 하는데, 당신이 날 도와야 한다는 거야.

G: 조엘, 당신은 도움을 받아야 해. 하지만 그건 당신 자신을 위해서 당신이 원해야 하는 거야. 그걸 나랑 연관시킬 순 없어. 그러니까 제발 도움을 받아.

J: 거봐, 당신은 나에게 그 어떤 희망도 주지 않아.

G: 나는 당신에게 거짓된 희망을 주고 싶지 않아. 난 당신이

자신을 위해 더 나은 사람이 되고 싶다고 결정하길 바라.

J: 켄, 왜 지난 2월에는, 어, 우리의 관계에 대해 노력하겠다고 했어? 당신이 위험에 처해 있지 않게 된 후에 말이야.

G: 나는 이 집을 빠져나와서 밖에서 바람을 쐬고 싶었어. 그저 빠져나오고 싶었다고……

녹음된 통화 내용에 따라 확보된 증거를 토대로 치안 판사는 1985년 6월 5일 오전 1시에 체포 영장을 발부했다. 그런데도 엄마의 아파트를 지키라고 배치한 경찰관은 새벽에 그곳을 떠났다. 거기 남아 있는 것이 그의 임무였는데도. 그날 오전 경찰의 불침번이 중단됐을 때 조엘이 엄마의 아파트에 도착했다.

검시 보고서에 따르면 엄마는 근거리에서 얼굴과 목에 총을 맞고 사망했다. 총알 하나는 엄마가 들어 올린 오른손을 관통해 머릿속으로 들어갔다. 그 총알은 엄마의 두개골 맨 아랫부분, 피처럼 붉은 엄마의 모반 뒤에 박혔다.

14장

기록에 나온 것

헤이 조, 손에 그 총을 들고 어디로 가는 거지?

–지미 헨드릭스

　그 기록에 살인이 5월 31일에 일어났다고 나온다. 그 날짜는 틀렸고, 그 서류에서 엄마가 죽은 날짜를 보이지 않게 만들어버렸다. 그리고 엄마에게서, 나에게서 5일이란 시간을 앗아가버렸다. 마치 그건 상관없는 것처럼, 마치 그건 중요하지 않은 것처럼, 마치 그걸 정확하게, 제대로 기록하는 건 중요하지 않은 것처럼 말이다. 엄마는 죽었다, 그러니 언제 죽었든 무슨 차이가 있는가, 라고 그 오류는 암시하는 것처럼 보인다. 엄마는 어쨌든 죽을 거였으니까. 5월 31일, 그가 총을 훔친 날은 '헤이, 조' 데이가 아니었다. 기록에 인

용된 것처럼 그가 동료에게 "내가 누굴 죽일 거야"라고 말
한 그날이 아니었다. 그가 그렇게 한 그날이 아니었다.

15장

1985년 6월 5일

전화기에서 들려온 목소리가 말한다. "부인? 당신의 어머니가 총에 맞았어요."

내 뒤에 서 있는 경찰은 내게 별말 안 해주고 그저 내가 이 통화를 한 후에 "집에 바로 가야 한다"라고 했다. 잠시 나는 수화기에서 들려온 말에 아무 대꾸도 하지 않는다. 죽은 게 아니라 총에 맞았다고, 그저 총에 맞았을 뿐이라고, 마치 그 말을 부적처럼 머릿속에서 계속 반복하면서 생각하고 있다.

이제 전화기에 대고 내가 말한다. "엄마는 어디 있어요?" 그 말은 어느 병원에 있어요?라는 뜻이다. 나는 그저 엄마에게 가야 한다고, '최대한 빨리 집에 가야겠다'라고 생각한다. 전화를 받던 그 방에는 블라인드 틈으로 아침 햇살이 기다란 줄무늬들을 그으며 들어와 바닥에 격자무늬의 패턴을 그려놨다. 나는 오랫동안 그걸 바라보면서 수화기 반대편에서 흐르는 침묵이 끝나길 기다린다. 그동안 살아 있는 엄마의 존재감이 내 마음속에서 점점 커진다. "엄마는 어디 있어요?" 나는 다시 말한다.

그러자 대답이 들려왔다. "어머니는 돌아가셨습니다, 부인." 마치 죽음이 하나의 장소인 것처럼.

*

내가 옷을 갈아입는 동안 그 경찰관은 내 기숙사 방 밖에서 기다린다. 나는 거기 가서 얼마나 있을지, 내가 거기서 뭘 해야 할지 알 수 없다. 그래서 정신이 멍한 상태로 방 안을 돌아다니면서, 선반에 있는 물건들을 만지고, 책상 위에 있는 책들을 옮긴다. 마치 물건들을 다 제자리에 놓으면 이 세계를 재편할 수 있을 것처럼 말이다. 그러다 할머니가 생각나서 검은 원피스, 펌프스 그리고 6월이라 조지아는 이미 덥지만 검은 스타킹을 한 켤레 고른다. 그것은 속살이 비쳐보일 정도로 아주 얇다. 내 마음은 두 갈래로 갈라진다. 방금 들은 말을 믿고 싶지 않고 믿을 수 없는 마음과, 할머니는 엄마가 죽은 방에서 내가 불손하게 맨다리로 돌아다니길 바라지 않을 거라는 걸 아는 마음이다.

나는 경찰차 뒤에 앉아서 창문 밖을 바라보며 백미러에 비치는 경찰관과 눈을 마주치지 않으려고 애쓴다. 우리가 택한 78번 도로는 4차선 고속도로지만 아직도 양옆으로 나무들과 목초지와 여기저기에 작은 노점이나 시장이 있는 개간지가 보이는 애선스 근처의 시골 도로이기도 하다. 경찰관은 사건의 '새로운 정보'를 알아보기 위해 차를 세워야 한다고 했고, 밖에 공중전화 부스가 있는 상점이 나왔을 때 차를 세우고 전화를 건다. 나는 그동안 우리가 달려온 거리를 세면서 기다린다. 그가 통화를 끝내고 차로 돌아오면 착오가 있었다고, 엄마는 사실 죽은 게 아니라 그저 총에 맞았을 뿐이라고, 아니면 엄마가 아닌 다른 여자를 우리 엄마로 착각했다는, 그런 말을 해주길 기대한다.

그는 새로운 정보라고 말했다. 내 생각에 그건 이 상황이 바뀔 수 있다는, 이 끔찍한 오해를 깨끗하게 풀어줄 또 다른 정보가 우리에게 전해질 거라는 의미였다. 그렇게 경찰차를 타고 가는 동안 내내 매번 그가 차를 세우고 전화를 걸 때마다 희망을 가진다. 희망은 내 가슴 속에서 부풀어 오르는 풍선처럼 느껴지고, 그것이 나중엔 아플 정도로 가슴을 꽉 채운다. 매번 그가 차로 돌아와 아무 말도 하지 않을 때마다 너무 두려워서 뭘 새로 알게 됐는지 물어보지 못한다. 왠지 모르겠지만 나도 아무 말도 하지 않으면 상황이 더 나아질 것 같았다.

그 차로 한 시간 조금 넘게 오는 동안 세 번 정차했다. 매번 차가 멈췄다 다시 출발하는 사이에 생긴 틈을 엄마와 마지막으로 했던 통화를 생각하며 보냈다. 나는 간밤에 엄마에게 전화해서 내 기말고사가 언제 끝나니 여름방학을 보내기 위해 그때 엄마가 날 데리러 오면 된다고 알려줬다. 엄마의 목소리는 뭔가 다른 용건으로 바쁜 것 같았고, 우리가 통화한 시간은 채 1분도 안 됐다. 그때 나는 일련의 딸깍거리는 소리, 기계 버튼을 누르는 소리와 엄마가 아파트에 있는 다른 누군가에게 말하면서 정신 사나워하는 소리를 들었다.

경찰서에 도착하자 그 경찰관이 나를 작은 회의실로 안내한 후 미시시피에서 할머니가 도착할 때까지 여기서 기다려도 된다고 말한다. 그가 나가면서 닫은 방문에는 작은 유리판이 끼워져 있고, 뒤쪽 벽은 영감을 주는 문구들이 새겨진 싸구려 포스터들로 뒤덮여 있다. 그래서 나는 거기 앉아서 그 포스터들을 바라본다. 그렇게 내 앞에 있는 테이블에 누가 가져다 놓은 엄마의 서류 가방으로부터 시선을 돌린다. 그것은 딱딱하고 거무칙칙한 적갈색 가죽 가방으로 위쪽에 엄마 이름의 이니셜인 GTG가 금박으로 찍혀 있다. 이제는 그것이 교회에서, 특히 어머니날에 아주 많이 들었던 구절의 머리글자처럼 보인다는 생각을 지울 수 없다. 그날 딸들은 자신의 가슴에 카네이션을 꽂는데, 아직 어머니가 살아 있는 사람은 붉은색을 꽂고, 어머니가 죽은 사람, 그러니까 GTG(Gone to Glory)[34]인 사람은 흰색을 꽂는다. 나는 차라리 이 생각을 하겠다. 계속 머릿속에 떠오르지만 밀어내려고 애쓰고 있는 그 생각을 하기보다는. 불과 일주일 전 내가 스스로 정한 금기를 어기고 소리 내어 이렇게 말해 버린 것에 대한 생각 말이다. 그는 언제고 엄마를 노리고 와서 엄마를 죽일 수 있어.

그 방에 혼자 남아 몇 시간 동안 기다리는 것 말고는 할 일이 없던 나는 가슴 속에 있는 풍선이 점점 커지면서 돌덩어리처럼 무거워지는 걸 느낀다. 벽시계가 째깍거리는 소리가 들리지만 나는 참을 수 있을 때까지 참고 또 참다가 마침내 고개를 들어 그걸 바라본다. 그리고 고개를 돌려 내 뒤에 있는 문의 유리판 너머로 밖을 보고 싶은 마음을 참아낸

[34]   천당에 간 사람의 약자.

다. 나는 엄마의 서류 가방을 열어 그 안에 뭐가 있는지 보지 않는다. 하지만 할머니가 왔을 때 더는 그런 침착한 겉모습을 유지하지 못하고 할머니에게 기대 흐느껴 운다. 할머니는 손수건으로 내 젖은 얼굴을 닦아준다. 그러고 나서 할머니 옆에 서서 경찰관이 하는 말을 듣는다. 조엘은 아직 체포되지 않았습니다. 그는 다른 사람들에게 위험한 존재가 될 수 있습니다.

경찰은 애틀랜타 남쪽에 있는 작은 읍인 그리핀이라는 곳의 한 모텔에서 한밤중에 그를 찾아낸다. 그 모텔 직원이 텔레비전 뉴스에 나온 그의 얼굴을 알아보고 그에게 방 열쇠를 준 후에 경찰에 신고했다. 경찰이 도착했을 때 조엘은 엄마를 죽일 때 썼던 권총을 아직 가지고 있었다. 그것은 침대 옆 탁자에 놓여 있었고, 경찰들이 와서 그를 체포했을 때 그는 그것으로 자살을 할 계획이었다고 했다. 마치 그 사실이 그들의 동정을 끌어낼 수 있을 것처럼, 그게 그가 엄마에게 저지른 짓의 심각성을 어떻게든 줄일 수 있을 것처럼 말했다.

*

다음 날 우리는 아빠와 같이 미시시피까지 차를 운전

해서 가기로 한다. 거기서 우리 셋이 엄마의 시신을 보게 될 것이다. 하지만 그 전에 먼저 엄마 아파트에 가서 엄마 물건 몇 가지를 챙겨와야 한다. 애틀랜타의 길을 아는 사람은 나밖에 없기 때문에, 나는 뒷좌석에서 길을 안내하면서, 마치 이곳에 한 번도 안 와본 사람처럼 내 옆으로 지나가는 도시를 내다본다.

아파트 단지 주차장에 들어가서 엄마의 시신이 있었던 보도 위에 분필로 그려진 윤곽선이 남아 있는 모습을 바라본다. 거기서 밑으로 흐른 얼룩이, 하얀 연석을 따라 검은 개울처럼 흐른 자국이 남아 있다. 아파트 앞에서 텔레비전 뉴스 촬영팀이 방송국 밴 옆에서 대기하고 있다. 우리가 그 옆을 지나치자 기자가 인터뷰를 요청하지만, 할머니는 말없이 고개를 흔들고, 아빠가 손을 내저어 그 촬영팀을 물리친다. 내가 아파트 문을 열고 들어갈 때 거기엔 아직도 노란 경찰 테이프가 붙여져 있다.

아파트 안으로 들어온 우리는 비록 누구도 말은 하지 않지만, 어제 아침 엄마의 흔적을 찾아 서성거린다. 싱크대에 찻잔과 잔 받침이 있고, 찻잔 바닥에 찻잎 몇 개—알 수 없는 미래를 알려주는 이야기—가 남아 있다. 하지만 그걸 제외하곤, 방들은 하나도 변한 것 없이 언제나 그렇듯 단정하고 깔끔하다. 그때 우리는 경찰이 부엌 조리대에 있던 물건 몇 가지, 그러니까 접는 칼과 50센트 동전 한 묶음을 치웠다는 걸 아직 모르고 있다.

우리가 도착하고 얼마 후에 아파트 관리인이 현관문을 두드린 후 카펫을 청소하기 위해 인부를 보내도 되는지 묻는다. "피가 묻었을지도 모를 경우를 대비해서 말이죠. 빨리 조치하면 지울 수 있어요." 그 여자 관리인이 말한다. 나는 아무 대꾸도 하지 않지만, 그에게 엄마의 침대 옆벽에 생긴 아주 작은 총알구멍과 그 주위의 깨끗하고 하얀 공간을 보여준다.

나는 엄마의 옷장에서 엄마가 지상에서 마지막으로 입을 옷을 찾는다. 나보다 반 치수 작고 폭도 좁은 엄마의 신발들은 여러 줄로 깔끔하게 정리돼 있다. 신발 한 켤레마다 신발의 형태를 제대로 잡아줄 수 있는 신발 모양의 목제 틀이 끼워져 있다. 나는 엄마가 마지막으로 사진을 찍었을 때 입은 검은 캐시미어 원피스를 고른다. 불과 몇 달 전에 스튜디오에서 정식으로 찍은 그 인물 사진은 이제 액자에 끼워져 엄마의 서랍장 위에 있다. 나는 서서 그 사진을 오랫동안 바라본다. 엄마의 얼굴 속에서 액자의 유리에 비친 내 얼굴을 바라보고 있을 때 아빠가 서두르라면서 방으로 들어온다. 아빠는 내 어깨 너머로 그 사진을 보고 말한다. "내가 아는 네 엄마랑은 전혀 닮지 않았어. 입매가 달라. 그놈 주먹에 맞아서 이빨이 나간 모양이구나."

*

나중에, 우리가 밤을 보내게 된 시내 호텔로 돌아왔을 때 지방 저녁 뉴스가 나오고 있었는데 그 텔레비전 화면에서 나와 닮은 사람을 봤다. 아나운서가 말하는 동안 같은 장면이 계속 나온다. 한 젊은 여성이 계단을 올라가 아파트 문으로 들어가서 문을 닫고 사라지는 장면이다.

바로 여기에서 우리의 이별이 시작된다. 나는 몇 분 동안 그 여자, 내가 뒤에 남기고 떠나온 그 소녀가 엄마가 살아 있는 모습을 마지막으로 봤던 그 집으로 들어가고 또 들어가는 장면을 지켜본다.

16장

버리기

던지다, 폐기하다, 버리다, 폐물로 처분하다, 처리하다, 내버리다, 포기하다, 거절하다, 제거하다, 액막이하다. 엄마의 아파트에 있는 물건들은 내가 차마 가져갈 수 없는 짐이었다. 심지어 엄마가 사랑했던 음반 컬렉션도 그랬다. 나도 사랑했던 음반들인데.

지금 그게 있다면, 엄마의 일부를 다시 살릴 수 있을지도 모른다는 생각이 든다. 수백 장이 넘는 음반들은 엄마 인생의 이야기, 엄마가 살아온 세월에 어울리는 사운드트랙으로 틀어볼 수 있을 것이다. 그 음반들이 엄마가 처음 그것들을 모으기 시작했던 순간으로, 선 할아버지가 아직도 나이트클럽을 가지고 있고, 거기 있는 주크박스에 틀기 위해 샀던 음반들을 엄마에게 줬던 그 순간으로 나를 되돌려줄 수 있을 텐데. 그리고 엄마가 오랜 세월에 걸쳐 계속 모았던 음반들. 엄마의 템테이션스, 알 그린, 도니 해서웨이. 엄마의 지미 헨드릭스, 마빈 게이, 태미 테럴. 음악 취향처럼 단순한 것이 엄마의 비밀을 드러낼 가능성을 쥐고 있을지도 모르는데.

그때는 그 어느 것도 원하지 않았다. 이제 그게 다 갖고 싶어졌을 때 한 이미지가 나머지를 제치고 계속 마음속에 떠오른다. 어릴 때는 차마 쳐다볼 수 없었던 유일한 음반 표지로, 매번 내가 뭔가 틀어보려고 음반 더미를 훑어볼 때마다 나타나곤 했다. 마술을 부리기 위해 카드 한 벌 속에 집어넣은 카드 한 장처럼 나는 그 음반을 다른 음반들 속 아무데나 집어넣곤 했다. 그런데도 어떻게 된 일인지 계속 같은 음반을 꺼내게 됐다. 그것은 펑카델릭의 〈매것 브레인〉 음반이었다.

그러니까 내 마음속에는 이런 이미지가 남아 있다. 엄마가 1970년대 초반에 했던 것처럼 아프로 헤어스타일을 한 여자가 흙 속에 목까지 파묻힌 채 머리를 뒤로 젖히고 입을 크게 벌리고 있는데 마치 고통에 찬 비명을 지르고 있는 것처럼 보인다. 표지 뒤쪽에는 깨끗하고 하얀 두개골 하나 말고는 아무것도 없다. 그 두 개의 이미지는 마치 내게 그 몇 년 동안 엄마가 살았던 인생의 진실을 보여주고, 앞으로 일어날 일의 전조를 보여주는 것 같아서, 뇌리에서 떠나질 않는다. 엄마의 생각—내가 알 수 없었던 엄마의 모든 생각—은 엄마의 머릿속에 갇혀 있다가 엄마가 마지막으로 쓴 글에서 풀리기 시작했고, 하얀 뼈가 될 엄마의 죽음이 일어나기 전 엄마가 지른 최후의 비명은 앨범 앞표지에 나온 여성처럼 도움을 받을 수 없었다.

*

내가 없애고 싶었던 것은 그 갇혀서 고통받는 이미지, 그 마지막 비명이었다.

17장

가까움

과거로 돌아갔다가 크게 한 방 맞고 만다.

-조앤 디디온

2005년 봄의 어느 날 저녁, 남편인 브렛과 나는 디케이터 광장에 있는 레스토랑에서 저녁을 먹기 위해 시내로 걸어가고 있다. 2001년부터 우리는 디케이터에서 살고 있었다. 그곳은 디캘브 카운티 법원에서 불과 몇 블록 떨어진 곳이었지만, 그렇게 가까운 곳에서 산다는 점을 제외하고는 여기서 살았던 내 과거를 그럭저럭 잘 피해왔다. 그때는 심지어 계속 그렇게 살 수 있을 것이란 생각을 느긋하게 해보기 시작한 참이었다.

그 레스토랑 단골인 우리는 바에 있는 좋은 자리를 차

지하고 바텐더와 몇 분 동안 담소를 나눈다. 우리가 주문한 음료가 나왔을 때 내가 한 번도 본 적이 없는 남자가 우리에게 다가와서 묻는다. "혹시 호텔에서 여기까지 걸어오셨나요?" 우리는 집에서 왔기 때문에 그의 질문이 혹시 우리가 집에서 여기로 오는 길에 호텔 옆이라거나 호텔 근처를 지나왔냐는 의미였을 거라는 생각은 미처 하지 못한다. 내가 아니라고 대답하자 그는 사과하고 그 자리를 떠났지만, 몇 분 후에 바텐더가 우리에게 술을 한 잔씩 가져다주면서 아까 그 밥이란 사람이 우리를 귀찮게 해서 사과의 의미로 보낸 술이라고 전해준다.

남편과 나는 둘 다 이상한 일이라는 생각이 든다. 그래서 나는 그 사람이 있는 자리에 가서 고맙다고 인사하고 내소개를 한다. 그는 친절하게 생긴 사람으로 미소를 짓고 있지만 마치 마음속에 영원히 가시지 않는 깊은 슬픔을 품은 사람처럼 눈 가장자리가 축 처져 있다. 내가 그에게 내 이름을 말하자 그는 아내에게 나를 소개하고 내 직업이 뭔지 묻는다. 우리는 낯선 사람끼리 으레 하는 사교적인 인사를 주고받지만 여전히 그가 왜 우리 부부에게 와서 말을 걸었는지 알 수 없다. 그는 록데일 카운티의 지방 검사라고 자신을 소개한다. "아. 그럼 제가 아는 분을 아실 수도 있겠군요. J.

톰 모건 씨라는 분인데. 디캘브 카운티의 지방 검사셨어요."
내가 말한다.

"톰 모건을 어떻게 알죠?" 그가 묻는다.

"그게, 몇 년 전에 어떤 사건이 있었는데……." 나는 말을 끝마치지 못한 채 고개를 돌려 광장에 있는 법원을 향해 나 있는 창문 밖을 내다본다. 그는 오랫동안 침묵을 지키고 있다가 마치 방금 뭔가 떠올랐거나 아니면 뭔가 하기 힘든 말을 하려는 마음의 준비를 끝낸 것처럼 입을 연다.

"당신 어머니가 렌 그리메트 씨고, 조이는 당신의 남동생인가요?"

나는 그의 질문, 그러니까 그가 우리 엄마와 남동생이 누군지 안다는 사실에 경악한다. 나는 그의 아내도 나처럼 당황했는지 보려고 아내의 얼굴을 먼저 본다. 다시 그를 봤을 때 그의 눈에 눈물이 솟아나고 있다. 그러다 그는 고개를 숙이고 흐느껴 운다.

"우리 남편은 그때 그 현장에 제일 먼저 도착한 경찰관이었어요. 남편은 당신 어머님을 매일 생각한답니다." 그때 그의 아내가 말한다.

그해는 엄마의 20주기이자 내가 엄마와 살았던 해보다 엄마 없이 살았던 시간이 처음으로 더 길어진 해이기도 했다. 그해에 법원이 엄마의 사건 기록들을 없앨 거라면서 밥이 그 기록들을 다 챙겨서 내게 주겠다고 제안한다.

한 주 후에 법원 맞은편에 있는 바에서 그를 만났을 때, 그가 내게 커다란 파일 하나와 와인 한 병이 들어 있는 쇼핑백을 건넨다. "그게 필요할 겁니다." 그가 말한다.

*

나는 한 사람의 운명에서 그의 성격이 차지하는 역할에 대해 헤라클레이토스가 한 격언을 랠프 엘리슨이 성격 대신 장소로 고쳐서 한 말을 종종 떠올린다. "지리가 곧 운명이다"라고. 나는 자발적으로 이곳에 돌아와 과거에 그 사건이 일어났던 곳 근처에 자리 잡았다. 나는 심지어 법원에서 걸어갈 수 있는 거리에 있고 경찰서에서 멀지 않은 곳에 있는 집을 샀다. 그곳은 남부 연합의 상징이자 백인 우월주의의 기념물이기도 한 스톤마운틴의 그늘 아래 엄마가 살해된 집에서는 고작 몇 마일 떨어진 곳이었다. 내 마음속에서는 그런 지리와 역사, 공적이면서 사적인 역사와 국가적이면서 개인적이기도 한 역사가 합쳐져 가장 깊은 상처가 됐다.

어떻게 나는 내 과거가 수많은 방식으로 다시 나를 찾아오지 않으리라고 생각할 수 있었을까? 어떻게 이곳에서 아무도 나를 알아보지 못한 채 다닐 수 있으리라고 생각할 수 있었을까? 밥이 말했다. "그날 경찰서에서 당신을 봤어요. 당신은 마치 그 모든 일에서 이미 훌쩍 떠난 사람처럼 보였어요." 그가 날 봤을 때 나는 충격에 빠져 있었겠지만, 분명 내 얼굴에서 그것 말고도 다른 것을 감지한 게 틀림없었다. 이제는 나도 그걸 볼 수 있었다. 내가 내 과거로부터 도망쳤다고 생각한 그 오랜 세월 동안, 사실 나는 착실하게 다시 그곳으로 돌아오고 있었다.

【　　】

내가 우리 이야기에서 가장 절실하게 피해왔던 부분을 쓰려고 마침내 자리에 앉았을 때, 내가 억지로 기운을 내서 마침내 그 모든 증거를 읽어보게 됐을 때—통화 내용 사본들, 증인들의 진술, 부검 보고서와 공식적인 보고서들, 지방 검사의 진술서, 경찰의 무관심을 시사하는 말들—나는 바닥에 쓰러져 방금 막 엄마의 죽음을 알게 된 것처럼 애끓는 소리로 울부짖었다. 내게서 걷잡을 수 없는 울음이 터져 나왔다. 그때는 나 자신에게 허락하지 않았던 길고도 원시적인 통곡이었다. 그렇게 나는 실시간으로 그것을 다시 체험했다. 다만 내가 지금 다시 체험하고 있는 것은 나의 갑작스러운 상실감이라기보다는 엄마가 마지막 순간 느꼈을 그 공포였다.

그들이 엄마를 구할 수도 있었다.

이 이야기를 하기 위해 글을 쓰고 있던 동안 내내, 나는 이 시간을 견뎌낼 수 있도록 조금씩 단계적으로 그 사건을 분석했다. 나는 이 30년이란 세월을 쓰러지지 않고 살아낼 수 있게 이 사건과 시간을 깔끔하게 여러 개의 구획으로 나눈 것이다.

　30년이란 세월은 상실의 윤곽을 알아가기에, 가족의 죽음에 익숙해지기에 아주 긴 시간이다. 우리는 결국 익숙해진다. 대부분의 나날에 그 죽음은 아주 멀리 있고, 항상 수평선에서 그 힘든 짐을 싣고 나를 향해 다가오고 있다. 내가 예상하지 못했던 건 엄마의 마지막 비명을 발견한 것이었다. 이웃 몇 명이 경찰에게 총성 두 발이 들리기 전에 이런 소리를 들었다고 했다. 엄마가 외치는 **안 돼, 안 돼, 안 돼**라는 소리가 내 입속에서 울리고 있었다.

18장

기억하기 전에 알게 된다

과거로부터 선택된 몇 개의 이미지는 항상 우리의 감각으로
전해진다.

—에이드리언 리치

수년간 내 마음은 멕시코에서 물에 빠져 죽을 뻔했던
어릴 때의 기억, 엄마가 내 위에 서서 팔을 뻗고 있고 엄마
의 얼굴 주위로 빛이 후광처럼 비치던 그 이미지로 거듭해
서 돌아갔다. 그때 나는 그것이 성모마리아의 상징적인 이
미지를 나타낸다는 걸 알았을까? 우리의 마음은 항상 이미
본 것이라는 렌즈를 통해 새로운 것을 보고 받아들이는 식
으로 작동한다. 그렇다면 나는 뭐를 먼저 봤을까? 내가 수
영장 물속으로 점점 더 깊이 빠져들었을 때 본 엄마의 모습

일까, 아니면 그와 아주 비슷한 방식으로 성모마리아를 묘사한 종교화와 제단 뒤의 그림들이었을까?

여기서 중요한 건 비유가, 우리 삶의 순환과 의미에 대해 우리 자신에게 들려주는 이야기가 지닌 변화의 힘이다. 수십 년 전 그날 이후로, 그 기억의 이미지는 계속 똑같은 모습으로 남아 있다. 물에 빠져 죽을 뻔했던 그 이야기를 내가 계속 반복해서 했기 때문이다. 달라진 것은 내가 본 그 장면을 내가 이해하는 방식과, 그 사건들을 계속 기억해내는 내 방식에 들어 있는 비유들을 해석하는 방식이다. 과학자들은 뇌가 기억을 기록하고 저장하는 데는 여러 가지 다른 방식이 있으며, 트라우마는 다른 사건들과는 다른 식으로 뇌에 남는다고 말한다.

트라우마에서 살아남으려면 그것에 관한 이야기를 할 수 있어야 한다. 그래서 물에 빠져 죽을 뻔한, 언뜻 보기에는 아주 작은 트라우마를 겪은 후에 내가 자신에게 엄마가 그 자리에 있었고, 그건 사실 위험한 상황이 아니었으며, 엄마는 왜 그런지 모르겠지만 천상의 존재처럼, 내가 구원의 기도를 올리는 머리에 후광이 비치는 성인처럼 보였다는 이야기를 하기 시작했다면, 그 이야기는 시간이 흐르면서 내 자아에 대한 이야기로 진화해 그 안에 또 다른 트라우마를 담을 수 있고 그 트라우마에 의미를 줄 수 있게 되는 것이다.

《생존의 시》에서 그레고리 오어는 폭력에 대해 생존자가 던지는 질문들을 제시한다. 나는 폭력에 그토록 가까이 있으면서도 어떻게 파괴되지 않을 수 있었을까? 왜 나는 살아남았을까? 이런 의문 때문에 작가들은 의미와 목적을 찾는 탐구를 시작한다. "하지만 트라우마에서 태어난 이 탐구는 생존자를 그저 앞으로만 이끌지 않는다. 그것은 먼저 생존자를 뒤로, 그 트라우마가 일어난 장면으로 이끈다. 거기서 생존자는 폭력의 불가사의함과 부활과 변신의 불가사의함의 화신인 악마나 천사와 싸우게 된다." 작가는 지금 로르카[35]의 두엔데 개념을 언급한 것이다. 두엔데는 예술가를 몰아붙여서 고통이나 괴로움을 초래하거나 죽음에 대한 명징한 인식을 얻게 하는 악마다. 이 악마가 예술가의 작품에 미치는 영향에 대해 로르카는 이렇게 썼다. "절대 치유되지 않는 상처를 치유하려고 하는 데서 낯선 시각이 태어난다."

그래서 엄마가 돌아가신 직후 내가 꿨던 꿈으로 돌아가보겠다. 그 꿈 때문에 이 여정을 시작하게 됐다.

---

35 페데리코 가르시아 로르카. 에스파냐의 시인.

3주가 지난 후에 엄마와 나는 다시 같이 있다. 엄마를 되살리려는 것처럼 나는 이 그림자의 땅으로 여행을 왔고, 여기서 우리는 이제 나란히 걷는다. 우리 둘 다 아무 말도 하지 않는다. 침묵 속에서 편안한 우리는 이런 식으로 영원히 걸을 수 있을 것 같다. 하지만 그때 어둠 속에서 한 남자가 나타나 우리를 향해 다가온다. 꿈에서도 나는 그 남자가 엄마를 죽였다는 걸 알고 있는데도 미소를 지으며 그를 향해 손을 흔들고, 내 옆을 지나치는 그에게 인사를 한다. 그때 엄마가 내게 몸을 돌려서 마지막 말을 한다. "절대 치유되지 않는 상처가 있다는 것이 무슨 뜻인지 아니?" 그런 엄마의 이마 한가운데 동전만 한 크기의 구멍이 하나 있고, 거길 통해서 눈을 찌르는 것처럼 환한 빛이 비쳐서 마치 내가 태양을 빤히 바라보고 있는 것 같다. 엄마의 얼굴은 아무것도 보이지 않은 채 어둠 속에서 그저 환한 원형처럼 보인다. 우리가 다시 전처럼 걷고 있을 때 그와 다시 만난다. 이번에 그는 총을 들고 엄마의 머리를 겨누고 있다. 이번에는 내가 엄마를 구해야 한다는 걸 알고 있다. 그래서 나는 총알이 가는 방향을 향해 몸을 던지면서 "안 돼!"라고 소리친다. 바로 그 한마디에 잠이 깨버린다. 내 목소리가 나를 잠에서 끌어낸 것이다.

*

깨어나는 그 순간 나는 변했다. 내가 알던 세상과 그 속에 있던 나는 더는 전처럼 존재하지 않았다. 꿈의 비유를 통해 나는 내 안에 부인할 수 없는, 아주 깊은 상처가 있다는 사실을 인정했다. 꿈에서 엄마의 마지막 말을 듣기 전에 내가 로르카의 시를 읽었을까? 그랬을 것 같진 않다. 하지만 과거의 뭔가가 나를 다시 익숙한 장면으로 데리고 갔다. 내가 수면 밑에서 엄마를 올려다보는 동안, 해를 가린 채 어린 나를 내려다보는 엄마의 얼굴. 이번에 그 장면은 반대로 재현됐다. 빛과 어둠이 자리를 바꾸어 엄마의 얼굴은 어둠에 둘러싸인 완전한 빛이 되었다. 눈을 찌를 듯 환한 그 빛은 모든 것을 태워버릴 것 같았다. 과거는 또 다른 장면을 가져왔다. 그 미식축구장 트랙 위에서, 우리가 집에서 도망친 후 조엘이 내 앞에 나타났을 때 내가 미소를 지으며 손을 흔들고, 그에게 인사하던 장면. 나의 그 단순한 몸짓이 내 목숨을 구했고, 엄마와 내 목숨을 바꿨다.

그 첫 꿈 이후로, 성인이 된 후 내내 나는 내가 엄마의 죽음에 연루됐다는 죄책감을 품고 살아왔다. 아니, 좀 더 정확히 말하면 내가 죽지 않았기 때문에 엄마가 죽었다고. 내게 이런 죄책감이 있다는 걸 분명하게 의식하고 있었던 건 아니지만, 내 의식의 가장자리를 죄책감 비슷한 뭔가가 갉아먹고 있다는 건 느낄 수 있었다.

"의식이 기억하기 전에 기억은 알고 있다." 윌리엄 포크너는 이렇게 썼다. 다년간 나는 그 꿈을 계속되는 내 인생의 이야기에 몇 번이고 되풀이해서 쓰면서, 그것을 내 첫 트라우마의 기억에 대한 북엔드로 보기 시작했다. 마치 그 첫 기억이 실제로 내가 꾼 꿈의 기틀을 제공해준 것처럼, 엄마의 죽음을 기준으로 내 삶을 그 전과 그 후로 구분해준 것처럼 말이다. 물 밖으로 끌어 올려져 엄마의 품에 안긴 것은 세례와 비슷했다. 나는 신앙인들이 목격하고, 그들을 헌신과 의미와 목적으로 가득 찬 길로 이끌곤 하는 종교적인 환영과 크게 다르지 않은 뭔가 기이한 것을 목격했다. 물이라는 흔들리는 렌즈를 통해 본 엄마는 육체가 없고 멀게 느껴지는 존재처럼 보였다. 마치 유령처럼, 엄마가 나중에 그렇게 될 죽은 사람처럼 보였지만 빛에 둘러싸여 있어서 이미 성인이 된 것처럼 보였다.

내 인생의 이야기, 아직 써 내려가지 못한 미지의 미래를 향해 앞을 보기보다는 뒤를 돌아보는 내 이야기에서 나는 세례반에서 나오듯 수영장에서—변화된 채로 다시 태어나—나왔다. 마치 그렇게 일찍부터 내 소명이 뭔지 신이 보여준 걸 목격한 것처럼. 이렇게 과거가 우리 삶의 이야기에 퍼즐 조각처럼 들어맞으면서 의미와 목적을 부여한다. 심지어 엄마의 죽음조차 내 소명의 이야기에서 구원을 받아, 더는 무의미한 죽음이 아니게 된다. 이것은 계속 살아가기 위해 내가 나에게 들려주는 이야기이다.

[   ]

종종, 혼자 도로를 달릴 때, 매년 여름 엄마와 같이 미시시
피로 돌아갔던 여행을 생각한다. 내가 면허를 딸 나이가 되
기 1년 전에 엄마는 텅 빈 고속도로가 길게 이어지면 나에게
핸들을 맡겨서 운전 연습을 할 수 있게 해줬다. 나는 한가운
데 있는 콘솔 너머로 몸을 기울여 핸들을 잡고, 엄마에게 몸
을 기댔다. 엄마의 가슴에 등을 기댄 채 집을 향해 서쪽으로
기울어지는 태양을 따라 달렸다. 우린 그런 식으로 몇 마일
을 달렸다. 우리의 몸은 아주 가까이 있어서 마치 붙어버린
것 같았고, 마치 나에게 하나의 심장이 아니라 두 개의 심장
이 있는 것처럼 내 심장 뒤에서 뛰고 있는 엄마의 심장을 느
낄 수 있었다.

감사의 말

이 책을 쓰는 것은 아주 길고 고통스러운 여정이었고, 그 길을 가면서 친구들에게 도움을 많이 받았습니다. 너무 많아서 여기서 제대로 이야기할 수도 없고, 너무 많아서 잊어버릴 것 같기도 합니다. 헤아릴 수 없는 방식으로 자신이 나를 도왔다는 것조차 알아차리지 못한 친구들도 많을 것 같습니다. 앞으로 오랫동안 그들에게 감사하겠습니다. 이건 그저 시작일 뿐입니다. 댄 알베르고티, 신시아 블레이클리, 제리코 브라운, 롭 캐스퍼, 마이클 콜리어, 진 더글러스, 올가 두건, 수전 글리슨, 앨리슨 그라누치, 조 그리메트(나의 남동생), 짐 그림즐리, 프랭크 구리디, 댄 할펀, 레슬리 해리스, 존 호펜살러, 케이트 존슨, 니콜 롱, 몰리 머기, 펄과 톰 맥헤이니, 롭 매퀼킨, 돈 앨런 미첼, ZZ 패커, 데버라 파레데스,

토니와 리사 파워스, 안젤로 로빈슨, 마이클 태컨스, 찰스 터커, 앨런 툴로스, 케이트 터틀, 폴라 비타리스, 다렌 왕, 리나 윌리엄스, 세실리아 윌릭, 제니 수, 데일 영, 케빈 영, 그리고 나의 사랑하는 브렛 개즈든.

옮긴이의 말

　이 책의 제목 '메모리얼 드라이브'는 지명이자 주소의 일부이다. 이 책을 쓴 미국 시인 나타샤 트레스웨이가 살았던 곳이자, 그를 시인으로 만든 비극적인 사건이 일어난 곳이며, 평생 결코 잊을 수도, 극복할 수도 없는 상처를 남긴 곳이기도 하다. 처음 이 책의 번역을 의뢰받았을 때는 무심하게 봤던 제목이었지만, 번역을 마치고 다시 봤을 땐 더없이 복잡한 마음이 들기도 했다. 결국 메모리얼 드라이브는 나타샤 트레스웨이라는 인물의 비극이 시작된 곳이자, 유년이 끝난 엄청난 곳이었다는 사실을 알았기 때문에.

　미국의 계관시인으로 두 번이나 선정됐고, 퓰리처상을 받은 시인인 나타샤 트레스웨이의 성장 과정은 범상치 않았다. 미국의 대법원에서 다른 인종 간의 결혼을 금하는 법률이 위헌이라는 판결을 내리기 1년 전 그의 부모는 합법적인 부부로 인정받기 위해 나타샤 트레스웨이의 어머니가 태어난 미시시피주가 아닌 오하이오주에 가서 결혼해야 했다. 그만큼 인종차별과 그로 인한 폭력과 국가적 갈등이 첨예하게 일어나던 때였다. 그런 시기에 캐나다 출신 백인 아버지와 미국 미시시피주 출신 흑인 어머니 사이에서 태어난 시인은 물었다. "난 뭐야?"라고. 그러자 부모는 이렇게 대답했다. "넌 우리 두 세계의 가장 좋은 면만 가지고 있는 아이야."

　내가 과연 흑과 백 어느 세계에 속하는지 의문을 품기 시작한 아이에게 세상의 풍파가 닥치지 않도록, 아니 어쩔 수 없이 맞서야 하는 풍파를 아이가 조금이라도 늦게 겪을 수 있도록 배려하는 부모의 마음을 알 수 있는 구절이어서 잠시 울컥했다. 나탸샤 트레스웨이를 시인으로 만든 첫 자양분은 그에게 은유와 상징을 가르친 아버지가 뿌렸다. 아버지는 아이가 맞서나갈 세상에 대비해 알려주고 싶은 모든 교훈을 이야기로, 신화로, 상징으로 바꿔서 들려줬다. 반면 낭만적인 아버지에 비해 평생 온몸으로 차별을 겪어온 어머니는 좀 더 현실적으로 딸을 키우려 노력했다. 그러나 부모의 애정으로도 아이를 보호하는 데는 한계가 있다.

여섯 살까지 양친의 사랑과 모계 친척들의 무조건적인 애정을 받으며 행복하게 자란 시인은 이후 부모의 이혼, 정든 미시시피에서 낯선 애틀랜타로의 느닷없는 이주, 그보다 더 폭력적으로 시작된 새아버지와의 관계에서 고통받는다. 새아버지가 자신에게 가하는 은밀하고 치졸한 학대를 차마 엄마에게 밝히지 못한 시인은 혼자 글로 새아버지와 맞선다. 그렇다. 아장아장 걸어 다니는 순간부터 신화와 은유와 상징의 세계에서 자란 그는 자신이 아는 유일한 무기로 새아버지로 대표되는 불합리와 폭력에 맞선 것이다.

　　두 세계의 좋은 면만 가지고 태어난 아이란 말처럼 나타샤 트레스웨이가 아버지에게서 이야기와 은유의 힘을 물려받았다면, 어머니로부터는 자신을 억압하는 부당한 힘과 폭력에도 굴하지 않는 현실적인 힘과 기세를 물려받았다. 유능한 커리어 우먼인 어머니는 자신이 낳은 딸을 억압하고 딸의 기를 꺾으려 드는 재혼한 남편과 맞선다. 그것 때문에 잔인한 폭력을 겪으면서도. 어머니는 거기서 그치지 않고 아이들과 자신의 생명과 존엄과 자유를 지키기 위해 폭력 남편으로부터 탈출해 이혼을 감행하고, 살해 협박을 받는 동안 내내 증거를 모으고, 살해당하는 순간까지 저항한다. 자신이 할 수 있는 한 모든 수단과 능력을 동원해 굴복

하지 않으려 한 것이다.

그런 모든 노력에도 불구하고 사랑하는 어머니가 새아버지에게 살해된 후 시인은 오랫동안 고통받으며 회한에 잠긴다. 그때 살해됐어야 하는 사람은 어머니가 아니라 자신이 아니었을까. 새아버지의 은밀한 폭력과 학대를 일찍 밝혔더라면 어머니가 지금까지 살아 있지 않을까, 하는 의문에 잠겨서. 그런 의문을 풀어가는 과정에서 시인은 너무나 고통스러워 오랫동안 멀찍이 밀어두고 있던 어머니의 추억을 다시 마주하며 모녀 간의 이야기를 통해 치유받는다. 그는 이 모든 과정을 아름답고 서늘한 언어로 풀어냈다.

이 회고록을 읽어내는 과정이 쉽거나 간단하진 않다. 그러나 태어나고 얼마 후 친부에게서 버림을 받은 딸인 궨덜린 앤 턴바우(나타샤 트레스웨이의 어머니)가 독립적이고 강인한 여성으로 자라 딸을 계관시인이자 퓰리처상을 받은, 빛나는 언어를 품은 시인으로 키워낸 이야기는 어머니와 딸의 이야기에 끌리는 사람이라면 꼭 읽어야 하는 이야기이기도 하다. 나타샤 트레스웨이는 글을 통해 두 세계에 걸친 자신의 탄생, 어머니의 죽음, 그 이후 시인으로 다시 태어난 자신의 삶에 대해 이야기한다. 이것은 거대한 은유와 상징의 이야기이자 끝나지 않는 모녀와 딸의 사랑 이야기이기도 하다.

메모리얼 드라이브

1판 1쇄 발행 2022년 10월 12일

지은이 · 나타샤 트레스웨이
옮긴이 · 박산호
펴낸이 · 주연선

(주)은행나무
04035 서울특별시 마포구 양화로11길 54
전화 · 02)3143-0651~3 | 팩스 · 02)3143-0654
신고번호 · 제 1997—000168호(1997. 12. 12)
www.ehbook.co.kr
ehbook@ehbook.co.kr

ISBN 979-11-6737-221-5 (03840)